講談社文庫

夫には　殺し屋なのは内緒です　2

神楽坂 淳

JN018242

講談社

目次

主な登場人物

花川戸《はなかわど》　月《つき》　柳生久通《やぎゅうひさみち》の庶子《しょし》。武芸に秀で、中でも殺しの才能に恵まれていたため、一族から殺し屋として育て上げられた。だが、料理は大の苦手。

花川戸　要《かなめ》　北町《きたまち》奉行所に勤める隠密同心《おんみつどうしん》。奉行の久通に認められ、娘の月を娶《めと》った。真面目で堅物《かたぶつ》だが性格がよく、月の料理に文句を言ったことがない。

柳生久通　北町奉行であり月の父親。要の上司でもある。暗殺を駆使して治安を守るために、奉行として幕府に迎え入れられた。

吾郎《ごろう》　要を手伝う小者《こもの》。要の父親の代から勤めていて、面倒見がいい。

菊座衛門《きくざえもん》　表向きは日本橋にある、くろもじ屋の主。裏で月に殺しの指令を伝える。

龍也《たつや》　辰巳《たつみ》芸者。殺しはやらないが月の補佐をする、姉のような存在。

楓《かえで》　要の妾《めかけ》を自認する麦湯《むぎゆ》売り。情報源となって要に協力する。

あやめ　くろもじ屋からの連絡を月に伝えたりする「つなぎ」。

金星《きんぼし》　本名ではなく、あだ名で通っている岡っ引き。博打《ばくち》好き。

夫には殺し屋なのは内緒です2

第一話　辻斬り

冬の殺しは嫌いだ。

手の中に相手の命を奪った感触を覚えながら思う。

旗本《はたもと》の次男で、羽黒義信《はぐろよしのぶ》。二十一歳。武士なのをいいことに町人の女を襲って回った。江戸は女が襲われることには甘い。

取り締まっても幕府の利益にならないからだ。

だから殺し屋の出番も多くなる。

報酬は四両。家計を支えるにはいい額だ。

冬は匂いがあまり出ないから、殺しにはいい。花川戸《はなかわど》月《つき》が個人的に嫌いというだけでいい季節ではある。

「要《かなめ》さんになにかいいお酒でも買おうかしら」

そう呟《つぶや》くと。

月はその日の仕事を終えたのであった。

すでに夜中である。殺しの仕事のときはくろもじ屋に泊まることにしている。夫の要も心配せずに送り出してくれていた。

ただし寝坊は駄目《だめ》だ。朝は家にいないといけない。

向島《むこうじま》の民家を出ると、夜空の月が細い。ほとんどなにも見えないと言ってよかった。

向島は人死にが多い。夜になると人出が少ないのもあるが、ここで女と密会する男が多いのだ。

江戸は宿泊には厳しい。手軽な宿というのはなかなかない。だから民家に話をつけて泊まることが多かった。

これは殺しには都合がいい。奉行所に届けられない素行の場合も多いから、病死ですませることも少なくない。

帰り道に気をつければ問題はない。

注意すべきなのは、月を「買いたい」という男に当たることである。深夜となると、歩いている女はまず体を売っている。

だからからまれるのは面倒だ。

といっても商売女に化けるのが一番目立たなくはある。手ぬぐいをかぶって歩いていれば、それっぽい風情《ふぜい》にはなった。

もっとも向島は歩いている女を買おうという男は少ないから、その危険はあまりないと言えた。

本所《ほんじょ》のほうに向かっていると、ふっと血の匂いがした。冬場なのでかすかだが、間違いなく血である。

匂いをたどっていくと、男が一人斬られていた。

正面から一太刀《ひとたち》である。驚いた顔をして死んでいる。これは少したちの悪い人斬りに思えた。

単純に物盗りなら背中から斬ればいい。そのほうがずっと安全だ。どんなに弱い相手でも、正面から斬ろうとすれば逃げるかもしれない。

つまり物盗りよりも殺しがしたかった、という気配がする。

刀であるからには武士の仕業《しわざ》だろう。

ということは奉行所は動かないから、月に回ってくるかもしれない。

なかなかの腕前に見える。気を引き締める必要がありそうだった。

誰かに見られてしまうと厄介《やっかい》だから即座に離れる。すぐに話は流れてくるだろう。

とにかく戻ることにした。

向島から本所に入ると、ぽつぽつと屋台が見える。

江戸は夜でも腹を空かせた人がいるから、多くはないが屋台がある。向島は江戸の中でも田舎《いなか》という感じはあるが、本所は「まさに江戸」といった雰囲気だ。

屋台には数人客もいる。夜とはいえ元気なものだ。

そのまま早足で歩き通し、日本橋《にほんばし》の室町《むろまち》に着いた。

見とがめられずにくろもじ屋に入る。

夜中にもかかわらず、すぐに奥に通された。今日の首尾が知りたいらしい。

「お帰りなさい」

主人の菊左衛門《きくざえもん》が両手をついて迎える。

「依頼主なのだから、もう少し態度が大きくてもいいのではないでしょうか」

「あなたたちあっての元締めですから」

菊左衛門はあくまでも腰が低い。

一通り報告をすませると、

「なにか変わったことはありましたか？」

問われて、月は死体のことを話した。

「草むらで刀ですか」

菊左衛門は表情を曇らせた。

「それは少々面倒ですな」

江戸には死体が多い。毎日誰かしらが死んでいる。しかし大半が土左衛門《どざえもん》と呼ばれる水死体だ。江戸っ子は基本泳げないからすぐ溺《おぼ》れてしまう。それ以外にも、口封じで殺すときは川に投げ込むのが普通だ。

草むらに放置するのは、「どうせ捕まらない」と思っているか、殺したということを見せつけるためかである。

「なにか意味があるのかもしれませんな」

菊左衛門はそう言うと、少し厳しい表情になった。

「近日お願いすることになるやもしれませぬな」

「はい」

月も気を引き締める。

「なにはともあれ今日はお休みください」

菊左衛門の好意で手早く入浴すると、月は布団に潜《もぐ》り込んだ。

気が張っていたのもあってすぐ眠りに落ちる。

目が覚めるともう朝であった。といっても要が起きるにはやや早い。だからすぐに家に戻れば、朝食には間に合いそうだった。

「行ってきます」

店の丁稚《でっち》に声をかけて家路を急ぐ。

「あ、月様。忘れ物です」

菊左衛門に言われていたらしい。丁稚の市松《いちまつ》が声をかけてきた。そうして渡してくれたのはつくしの塩漬けであった。

「朝食べるのによいですよ。そのままでも味噌汁《みそしる》でも」

「ありがとう」

つくしは大変ありがたい。飯を炊《た》くときに混ぜてもいいし、そのままでも味噌汁の具でもなんでもいける。

これがあるだけでいっぱしの女房になったような気分になれた。

朝の日本橋を八丁堀《はっちょうぼり》に向かって歩く。

夜と違って江戸の朝は騒がしい。朝から起きる仕事の人間はもちろん、旅に出るならまだ暗いうち、暁《あかつき》七つ（午前四時）には日本橋を旅立つ。

旅人のための屋台もにぎわっている。田楽《でんがく》屋に蕎麦《そば》屋。そして冬場は甘酒屋が朝からやっていた。

上方《かみがた》では夏の飲み物の甘酒だが、江戸では冬に繁盛する。生姜《しょうが》を思いきり効かせた甘酒は冬の流行《はや》りであった。

奉行所は巳《み》の刻《こく》（午前十時）からだから、要が起きるまでは少し時間があった。

豆腐の田楽がいい匂いをさせている。買って帰り家で温めて朝食にするのも悪くない。

手抜きのようで少し考えどころだが、自分で焼くよりも美味《おい》しそうだ。

要の朝が豊かなほうがいいだろう。そう思ったとき、読売《よみうり》の声が聞こえた。

「辻斬《つじぎ》りだ辻斬りだあっ」

大きな声である。

昨日の死体だ、とぴんと来る。

「薬種《やくしゅ》問屋の手代《てだい》が斬られたよっ」

読売は名前の通り読んで売る。一枚四文で、なるべく刺激的なほうがいい。それにしても早い。月が見たすぐあとに誰かが見つけたに違いない。長居しなくてよかったと思う。

買って読んでみる。

どうやら日本橋本石町《ほんこくちょう》の薬種問屋、山口屋《やまぐちや》の手代が斬られたらしい。山口屋は小粒《こつぶ》丸《がん》という薬が有名で、子供でも飲みやすいからよく売れていた。

そこの手代というからには物盗りと思うほうが自然だが、なぜ辻斬りなのだろう。

読み進めると、なんと、懐《ふところ》の金には手がついていなかったらしい。金が残っているというのは珍しい。

斬った男は金に不自由していないということだ。

それにしても、たとえ欲しくなくても金は奪うほうがいい。あえて奪わないとすると恨みなのか、と読売は記していた。

考えていると、後ろに人の気配がした。

「おはようございます」

振り返らなくてもわかる。麦湯《むぎゆ》売りの楓《かえで》である。公認の「要の妾《めかけ》」だ。実際には名ばかりなのだが、たちの悪い岡《おか》っ引《ぴ》きを寄せ付けないためにそう名乗っている。

「楓さん。おはようございます」

挨拶《あいさつ》を返して笑顔になる。

楓は要には手を出さないと誓っているが、万が一があるから安心できるわけでもない。楓とはいまでは仲良くしているが、要を盗られたら翌日には楓を死体にしていいそうで、自分にはらはらする。

「ああ。清七《せいしち》さんが殺されたのね」

楓はごく普通の様子で言った。かわいそうでもお気の毒でもない。死んだのか、という様子である。

「問題がある人だったのかしら？」

「よくわかりますね」

楓は驚いた表情になった。

「そんな気がしたのです」

あまり鋭いと思われるのはよくない。少しくらい抜けているほうが余計な疑いを持たれなくてすむのだ。

「まったく。こう言ってはなんですが、あれは死んでも惜しくない男でしたよ」

楓が肩をすくめた。

「女癖が悪かったとかですか？」

「その通りです」

楓が大きく頷《うなず》いた。それから思いきり眉をひそめる。

「なんでそんなのが手代なんだか。顔はよかったですけどね」

驚いた顔なのはわかったが、あのときは暗かったし顔の良し悪しまでは見えなかった。いい男だったらしい。

「でも手代ならそんなにお金もないだろうし、女癖が悪いというほど遊べるものなのかしら」

「それがですね。自分のお金はあまり使わないで女にたかっていたんですよ」

それで恨みという話が出ているのか。たしかに金に手をつけていないなら恨みかもしれない。しかし傷の深さを見ると犯人は男だろう。

女に頼まれた男なのかもしれない。

「ところで朝からなんでここにいるんですか？」

楓に問われて我に返る。

「昨日遅かったからくろもじ屋さんに泊まったの。それで帰りに豆腐の田楽でも買おうかと思っていたのです」

「要様に食べていただくなら、鰯《いわし》の田楽がいいですよ」

「そんなものがあるの？」

「はい。安いし美味しいんです」

「でも鰯はそこそこの値段するでしょう？」

「そんなことはないですよ」

楓が笑顔を見せる。

鰯は朝獲《と》れるものだが、中には形が悪かったり少々小さいものも混ざっている。それを味噌焼きにして売る店があるのだという。

朝だけの商売だから知らない人も多いのだろう。

要は鰯が好きなので、あるなら買いたい。

「ではそれを買います」

「一緒に行きましょう」

店に向かいながら、楓は小声を出した。

「でも要様も面倒なことにならなければいいですが」

「面倒？」

「斬ったのが武士で、頼んだのが町人なら、半分は町奉行所の管轄《かんかつ》です。犯人が浪人なら全部町奉行所ですが、旗本だとややこしい」

たしかにそうだ。身分問題のある事件は厄介である。

「わたくしは要さんを見守るしかできませんから」

そう言うと、月はとにかく読売を要に持って帰ろうと思った。

鰯と豆腐の田楽を買い、足早に家に戻る。

家に着くとちょうど要が起きだしてきたところだった。

「おはようございます」

言いながら読売を渡す。そうして七輪で田楽を温めることにした。

「汁はいい。手早く食べる」

要が言った。読売を見て思うところがあったらしい。

「わかりました」

つくしは飯に炊き込むことにして、田楽を炙《あぶ》る。米を少量にすれば炊けるのは早い。最近は飯炊きを失敗しなくなってきた。

飯が炊けると、要に出す。

要はばっと飯をかき込み、素早く出ていった。

鰯の感想くらい言ってくれてもいいのに、と思いつつ見送る。小者《こもの》の吾郎《ごろう》の到着も待たずに出掛けるというのはかなりの急ぎっぷりだ。

要が出て少しして、吾郎がやってきた。

「旦那《だんな》は？」

「先に出掛けました」

言いながら、吾郎に要の荷物を渡す。同心《どうしん》に必要な荷物は挟み箱に入れて小者が持つ。同心が一人で歩かないのは荷物が重いせいもあった。要に限っては単独で行動することも多いのだが。

「今日は約束していたのに俺を置いて行くってことは、やはり辻斬りの件ですね」

吾郎が肩をすくめた。

「なにか要さんと関係のある人が斬られたのですか？」

月が尋ねると、吾郎は大きく頷いた。

「あの手代、俺たちがつなぎを取っていたのでね。口封じかもしれません」

吾郎も送り出すと、月は軽くため息をついた。

月は同心でも岡っ引きでもない。事件は気になるが調べる立場にはない。妻が夫の捕り物を手伝うなど聞いたこともなかった。

それでも気になってしまうのは仕方がない。せめて疲れて帰ってきた要のために美味しいものをと思うが、月には「美味しいもの」を作る技量がたりない。

世の中はなかなかままならないな。

そう思いつつ、近所のおかみさんたちの知恵を借りることにした。

外に出て少し歩くと、ちょうど井戸端会議をやっていた。

「あら、月さん」

近所に住む梅《うめ》が声をかけてきた。梅は浮世絵師の女房で、かなり世慣れている。料理も上手だから、月には心強い味方だった。

今日はその他に五月《さつき》と弥生《やよい》がいた。

江戸の掘り抜き井戸は水の質がよくない。だから神田《かんだ》などの上水《じょうすい》から水を引いて使う。この上水井戸に水がたまるまでの時間でしゃべるのが、井戸端会議というわけだ。

「聞きました。辻斬り」

五月が興味津々《しんしん》という様子を見せる。

「わたくしも読売で読みました」

「もう今朝はその話で持ち切りですよ」

五月が体を少しゆすった。背中に赤子をおぶっている。赤子は気持ちよさそうに眠っていた。

「殺された人は有名だったのですか？」

月が訊《き》いてみると、弥生が頷いた。

「そうそう。山口屋の色男ね」

「女癖が悪かったと聞きましたよ」

「ああ、うーん。そうでもないらしいですよ」

梅が口を挟んだ。

「あれは観賞用で実用じゃないって話だけどね」

「どういうこと？」

梅が真顔で答える。

「ちょっと蕎麦を食べたりするにはいいけど、深い関係まではいかないということですよ。軽い男ですね」

「それだと恨みは買っていないのかしら」

「それはわからないですね」

弥生が言葉をつぐ。

「誰に恨まれたか、ですよ。女じゃなく男からかもしれない」

「男ですか？」

「モテない男の恨みってやつです」

「モテるって重要なのですか？」

月は思わず訊いた。これは月にはわからない。恋愛にまったく縁がなく育てられて、いまが初恋の最中という状態だ。

だからモテることが重要という感覚はまるでなかった。

「月さんはモテそうだけど」

梅が言う。

「そんなことはないでしょう。わたくしにモテる要素があるとは思えないです」

言ってから、よく考えたら要に捨てられることもある、と思い当たる。

「わたくし、モテたことはないですが、モテるように頑張ります」

要につまらない女だと思われて捨てられたくはない。

「どうしていきなりモテたいなんて言うんですか」

五月が驚いた表情になる。

「要さんにモテたいのです」

月が口にすると、三人とも一瞬黙り込んだ。

なにかおかしなことを言っただろうか、と不安になる。

「月さん。要様にはモテてると思いますよ」

梅がくすくす笑う。

「笑うところですか？」

「笑うところです」

梅はきっぱりと言ってから、あらためて口を開いた。

「働きましょう。麦湯売りで」

「はい？」

月が訊き返すと、梅は得意気な表情になった。

「麦湯売りです」

梅がふたたび言う。

「どうしてですか？」

「麦湯売りは、看板娘の器量が命ですから。麦湯を売ってみたらどのくらいモテるのかすぐわかりますよ」

たしかに看板娘ならそうだろう。しかしそれは若い娘の話ではないか。

「わたくしは人妻ですし」

「なに言ってるんですか」

弥生が勢い込んで言う。

「江戸の一番人気は人妻。それも武士の妻です。それから比丘尼《びくに》。尼《あま》ですね。男の人気はこのふたつですから。月さんなら人気間違いなしです」

「人妻に人気があるのですか？」

「あります」

今度は三人が同時に言う。

「一度やってみてください」

楓と同じ麦湯売りか、と思う。

モテるというよりもからまれそうだ。

「考えておきます」

なんとなく流してから、あらためて殺された男のことを考える。

なんだか不思議な話だ、観賞用というのも。

今日要に訊いてみることにしよう。

「でも月さん、自分のことばかり考えてますけど、要様はあれでモテますからね。そちらのほうが心配でしょう」

「要さんに限っては浮気などしないと思います」

「まあまあ。たしかにあの旦那はそんなことしないだろう。でもね、突然旦那が美味《うま》いものを買って帰ってきて、機嫌取るようなときは気をつけなよ。女の影があるよ」

梅の言葉に他の二人も頷く。

「大丈夫ですよ。要さんは」

月は笑って返す。

要は気はきくほうだが、土産《みやげ》を突然買うような性格ではない。

そこは安心してよさそうだった。


そのころ。


要は奉行所で報告書を読んでいた。奉行所には口頭でなにかを伝えるという習慣はない。もちろん口頭がまったくないわけではないが、まずは書類である。

今回殺されたのは日本橋本石町の薬種問屋、山口屋の手代の清七。女癖も悪いが博打《ばくち》の癖も少々悪かった。

清七を逃がすかわりに、大きな客の口を割らせようとつなぎを取っていたのである。

だから恨みか口封じかがわかりにくかった。

「なにか気になることがあるのか？」

例繰方《れいくりかた》の松木正一《まつきしょういち》が声をかけてきた。三十歳を過ぎたあたりで、元気で有能な男である。少々酒癖が悪いのが玉に瑕《きず》なくらいだ。

例繰方は判例を整理する部署だ。奉行所は判例主義なので、かなり重要な役目である。同時に報告書をきちんと書くこともする。

だから自分の報告書が気になるのだろう。

隠密廻《おんみつまわ》りは調査が主だから、例繰方とは密接である。

「こいつが口封じなのかどうかが気になってな」

要が言うと、松木が腕を組んだ。どうやらなにか知っているらしい。重要なことを語る前に腕を組むのは松木の癖であった。

「口封じの考えはありえるな。これはあやふやなので報告書に書いていないのだが」

松木は言葉を切った。

「口封じだとすると、あるいは無尽《むじん》かもしれないな。あれは博打とも縁が深い」

「無尽は違法なのか？」

要が問い返す。

「これまではあまり褒められたものではない、という程度だった。が、最近は悪質なものも出てきているようだ」

松木が真剣な表情で言う。

「まだなにも証拠はないがな。しかしこれから流行りそうな犯罪なのだ」

「わかった。気にとめる」

要も頷いた。

「無尽か」

要は思わず繰り返した。

無尽というのは違法の金貸しであるならば、見つかったら問答無用でお縄となる。幕府は金貸しにはわりと厳しい。金利は年利で一割五分。多くても三割以内となっている。それ以上は違法である。

例外として小口の金貸しが一日一割である。ただしこれは行商人に貸す金で、朝例えば七百文の仕入れ金を貸して夜七百七十文を受け取るという可愛いものだ。

しかし無尽は違う。

無尽というのは、借金を競り落とすものである。十両の金を借りるときに、これを九両や八両で競り落とす。借りた側はいくらで競り落としても十両返す。

足元につけ込んだ悪い金貸しであった。

「もし無尽の胴元にからんでいたようなことがあれば……」

だとすると殺される理由が多い。それに無尽で金を借りた相手まで含めると誰が犯人なのかもわからない。

もうお蔵入りが決まったような事件だ。

「こいつは調べようがないな」

肩をすくめる。

松木は笑いもせずに要を見た。

「つまりやる気になったんだな」

そう言われて要は苦笑した。松木は要をよく知っている。要は難事件がわりと好きだからだ。

しかし問題は、家庭のほうである。

奉行所は定時で終わるから、居残り仕事というのは基本はない。ただし、居残りしたいと申請すればいくら居残ってもかまわない。あくまで同心の意思によるのである。

仕事したければ好きなだけやっていいということだ。

ただ月はどう思うだろう。

要は多分、月に好かれてはいると思う。ただ悋気《りんき》が少々強い。悋気を通りこして殺気を感じるときすらある。

あまり放置するとすねてしまうかもしれない。

しかし家庭のために仕事の手を抜くわけにもいかない。

今日はなにか美味しいものでも買って帰ろう。

その日。要は少し考えて鰻《うなぎ》を買うことにした。

鰻は安いが美味しい。筒切りにして焼いたものを屋台で串に刺して売っている。たいてい山椒《さんしょう》味噌なのだが、ここのところ田楽味噌の屋台が出ていた。

「辛いのを四本くれ」

甘めの味噌にたっぷりの唐辛子をかけたものが気に入っている。酒があるとなおいいが、月は酒に弱い。

ここは飯にしようと思う。

それから仕事の相談をしようと心に決めたのだった。

冬の早い日が落ちたころ、要が戻ってきた。かすかに鰻の匂いがする。珍しく外で食べてきたか、飲んできたのかもしれない。

しかし酒の感じはしなかった。

「お帰りなさい」

声をかけると、要の手に包みが見えた。

「二人で美味いものでも食べようかと思って買ってきた。どうだ」

要が笑顔で言う。

「ありがとうございます」

礼を言いながら、思わず体が震えそうになる。いくらなんでも考えすぎだろう。今日話したばかりでこれが起こるのは都合がよすぎる。

しかし万が一ということもある。

相手は誰だろう。どんな女なのか？

見たこともない相手に殺意が湧いた。

「どうかしたのか？」

「なんでもありません」

答えながら食事の準備をする。

鰻は火鉢で軽く炙る。

それから飯をよそう。今日の夜は干した鰯を炙る予定だった。これは明日でもいいから、漬物《つけもの》と汁ものを準備する。

どちらも切るだけ、温めるだけだから問題はない。

沢庵《たくあん》を切って並べる。

そして味噌汁を温めた。全部火鉢ですむから楽でいい。

問題はそこではない。

要から女の気配はしなかった。気のせいなのか、浮気なのか。

要が月の前に座る。

「月」

「なんでしょう」

「殺気を感じる」

そう言われてどきりとする。もしかして殺し屋だと疑われたのだろうか。いや、そんなことはないだろう。

しかし体から殺気が漏《も》れ出るのはよくない。

とはいっても要が浮気していたら、相手を殺さないわけにもいかないだろう。この悋気を抑えることはできそうにない。

「まあ、殺気はともかく。あらためて話がある」

離縁して他の女と所帯を持つ気なのだろうか。

「いやです」

思わず答えた。

「いや。聞いてもらわなければならない」

「わたくしは離縁はしません」

そう言って要を睨《にら》む。

「なにを言っているのだ」

「わたくしに飽きたのでしょう」

月が言うと、要は腕を組んだ。

「どこまでさかのぼれば誤解がとけるのだ」

「美味しいものを買って帰るのは浮気の証拠だそうです」

きっぱりと言う。

月の言葉に要はため息をついた。

「あまりおかしな方向に考えをめぐらせるな。たしかに月に悪いと思ったから鰻を買ってきた。しかし浮気とはまったく違うことだ」

そして要は、しばらくお役目で家に帰れないことがある、という説明をしてきた。

嘘でもなさそうだ。

完全に月の誤解だったらしい。

「どうも申し訳ありません」

両手をつく。

「謝らなくてもいい。だが、あまり悋気を出すな。なんだか怖い」

そう言って要は笑う。

さすがに同心だけあって殺気には敏感らしい。なるべく出さないように気をつけるしかない。

「そんなわけで家に帰らぬ日があるかと思うが、気にしないでくれ」

「でもそれだとどこで眠るのですか？」

これが火盗改《かとうあらた》めなら、専用の宿が手配される。張り込み用の宿だ。しかし町奉行所にはそういうものはない。

江戸の宿への厳しさは、同心のお役目であっても変わらないのだ。

「そうだな。出逢い茶屋にでも泊まるか」

「誰とですか？」

思わず訊く。出逢い茶屋は一人で泊まるところではない。あくまで男女が二人で泊まる場所である。

つまり誰かあてがあるというわけだ。

殺気を出さないように気をつけながら笑顔を見せる。

「楓さんですか？」

「なんで楓が出てくるのだ」

要はやれやれという顔になる。

「今回は雲を摑《つか》むような話だからな。賭場《とば》や料理茶屋などを回ることになるのだ。あの清七という男を殺したのは長屋住みの男などではないかもしれない」

要は真面目に言う。

「金がらみの可能性があってな」

そう言うと要は無尽と清七のことを語った。

なるほど、と思う。金と女と博打なら殺される理由は多い。しかし月が犯人を殺す、ということにはなりそうもない。

口封じなら平和に終わったというだけだ。

江戸の人間の命は軽い。町人となるとなおさらだ。幕府にとっては町人はいてもいなくてもいい存在と言える。

武士の町というのが正しい。だから武士を裁くのは難しいのだ。

今回の事件は自分とは関係なさそうだと踏むと、あらためて出逢い茶屋が気になる。本当に要は無実なのだろうか。

「月」

「はい」

「殺しより出逢い茶屋が気になるか？」

「もちろんです」

月が答えると、要は少し疲れたような表情になった。

「わかった。では、月と泊まる。これでどうだ」

「それなら大歓迎です。あ、でもお金はどうするのですか？」

「奉行所から出る」

「それなら安心ですね」

要と出逢い茶屋で寝泊まりする。これはなかなか面白いではないか。夫婦生活とは違った楽しみがありそうだ。

「どこで泊まるのですか？」

「末広町《すえひろちょう》だ。秋葉《あきば》ケ原《はら》の近くだな」

たしかに出逢い茶屋の多いあたりだ。秋葉ケ原から流れてくるのだろう。男主体の江戸にあって、秋葉ケ原は女子《おなご》の町だ。

女芝居や女相撲、神楽《かぐら》など女子の興行が多い。最近は「女一人相撲」も流行っているらしい。

そのときいい考えがひらめいた。

「では、わたくしが昼間は秋葉ケ原あたりで麦湯を売るのはどうでしょう。そして夕方要さんと出逢い茶屋に行くのは」

「月が働くというのか？」

「はい」

月が答えると、要は少し考え込んだ。だがそれもほんの一瞬である。

「それは無理だ」

「なぜですか？　他の男に麦湯を出すのは不愉快ですか？」

要にも悋気があるのだろうか。そうなら嬉《うれ》しい。

期待を込めて要を見たが、要の返事は素っ気ないものだった。

「武家に麦湯売りはできない。身分が違うのだ」

そう言われて言葉に詰まる。長屋のおかみさんにそそのかされてその気になっていたが、たしかに月は働けない。

この勘違いは恥ずかしい。

そう思っていると、要が声をかけてきた。

「だが悪くもない。妻を捜査に使うのはどうかとも思うが、奉行所に協力するという形ならありえなくはないだろう」

「捜査ですか？」

「そうだ。麦湯売りにはなにかと情報が入るからな」

「やります」

考えることなく月は答えた。

「どうすればいいのですか」

「そうだな。あまり柄が悪い場所も困るし、秋葉ケ原がいいだろう。末広町に近いから、出逢い茶屋にも泊まりやすい」

「秋葉ケ原は安全なのですか」

月は殺し屋としては世慣れているが、市井《しせい》に詳しいわけではない。どこの土地柄が悪いなどということはわからない。

「秋葉ケ原は火除《ひよ》け地だから建物が建てられない。いつでも撤去できる屋台しか出すことができぬのだ。そのせいか興行が多くてな。それも両国《りょうごく》などと違って女子の興行が盛んな町なのだ。そして女子目当ての男が多い。こいつらはあまり害がないからな」

女子が多く興行しているなら、たしかに安全だろう。

「ではそうしましょう」

「浪人の妻が家計を支えるために働いている、という線がいいだろう。武家は駄目だが浪人の妻であればおとがめはない」

「ありがとうございます」

月は礼を言うと、楓のところに麦湯売りを習いに行こうと考えた。要に対しての気持ちに変化がないかも確かめられる。

「それでなにを調べればよいのですか」

「そうだな。大したこともしておらぬのに金回りがいい奴がいるという噂を聞いてきてくれ」

「わかりました」

要の役に立てるのは嬉しい。殺し屋ではなく妻として頑張ろう、と思ったのだった。

翌日。月はまず芸者の龍也《たつや》のところに立ち寄った。あらかじめ麦湯のことを話しておこうと思ったのである。

龍也の部屋に入ると、あやめがすぐに迎えてくれた。

長火鉢の向こうにいる龍也にお辞儀をする。

「どうしたんだい」

龍也が笑顔を向けた。

「相談があるのです」

そう言うと、月は麦湯売りのことを話した。

喜んでくれるかと思った龍也は、聞くなり険しい表情になった。

「麦湯売り？　どうかしてるんじゃないのかい」

ばっさりと言い捨てられる。

「いけないのですか」

「当たり前だろう。江戸中に顔を売って歩く殺し屋がどこにいるんだい。今後やりにくくなるじゃないか」

「そんなに顔が売れるものでしょうか」

月が言うと、龍也は大仰《おおぎょう》にため息をついた。

「麦湯売りは美貌を売る仕事だからね。芸者と一緒さ。だから目立つ仕事なんだ。殺し屋がやるようなものじゃない」

たしかにそうだ。顔を売って歩く殺し屋はいないだろう。あきらめた方がいいのだろうか。

あやめが二人にお茶を出してくれる。

「なんだい。この安物の粉茶《こなちゃ》は」

龍也が怒った声を出す。

「勢いよく話すのにいいお茶はもったいないです。ぬるい粉茶がちょうどいいですよ」

言いながら月には熱いお茶を出してくれる。香りもいい。

「月にはいいお茶じゃないか」

「月様は騒がないですから」

当たり前のように言うと、あやめは言葉をつないだ。

「それよりも、麦湯の件はそんなに悪くないと思います」

「顔を売るのがかい？」

龍也がありえないという口調になった。

「はい。考えてもみてください。逆に言えば、江戸で有名な売れっ子麦湯売りが殺し屋だなんて考えもしないでしょう」

それもそうだ。殺し屋ならなるべく隠れるようにする。それが顔を売るなどというのは考えられない。つまり疑われにくいわけだ。

「だから、やってみてもいいのではないですか」

あやめはいい考えだという表情になっていた。

これは案外いいところをついている。

月もなんだか楽しい気がしてきた。

「なるほど。そういうことなら協力するのも悪くないね」

龍也も乗り気になってきたようだ。

「では服を決めないとですね」

あやめがくすりと笑って言った。

「麦湯売りに服装が関係あるのかしら」

「はい。少し目立つ格好にしましょう」

うきうきと言う。

「なにか考えがあるの？」

「もちろんです」

あやめが用意したのは、透綾《すきや》の羽織であった。本来は六月ごろ着るもので、透き通った絹織物の羽織である。

「随分季節外れなものを持ってきたね」

「でもこれ、暖かいんですよ」

「着たことがないです」

どちらかと言うと芸者の服なので、月には縁がない。渡されて着てみると、たしかに暖かかった。

「これを六月に着るのって、暑くないですか?」

「お洒落《しゃれ》のための我慢だよ」

龍也が当たり前のように言う。

その心意気は大したものだと思う。

着てみると、透けた感じが冬にもなかなかいい。季節外れなところがかえって洒落ているとも言えた。

「これを着ます」

「あとは牡丹《ぼたん》をあしらったものにしましょう。月様はどういう立場で麦湯を売るのですか？」

「浪人の妻です」

「それなら赤い牡丹でもいいですね。姐《ねえ》さんの服の中にあったでしょう」

「なんでもあたしの服から選ぶのかい」

「いいじゃありませんか。赤い牡丹なんて滅多に着ないんだし。月様に着てもらったほうがずっといいです」

あやめが持ってきた着物を着ると、まるで芸者のように艶《あで》やかである。しかしこれは少々恥ずかしい。座敷ならともかく、路上でははしたないように思う。

「これがいいでしょう」

しかしあやめは気に入ったようだった。

「もし本当にやることになったらお願いします」

龍也のいる蛤町《はまぐりちょう》を出て、くろもじ屋へ行くことにする。少々遠いが、今日のうちに話をしておきたかった。

深川《ふかがわ》から八丁堀を通って日本橋に向かう。あまり足早にならないようにしながら歩いた。気をつけないと素早く歩きすぎるからだ。

くろもじ屋に着くとお湯で足を洗ってすぐ奥に通る。

冬場は湯が用意されているとありがたい。

今日は本来用事がないから、菊左衛門が出てくるまでに少し時間があった。その間に甘酒が出てきた。

お茶請けは蕪《かぶ》の漬物である。唐辛子で漬けてあってかなり辛い。しかし甘酒とは相性がよかった。

「どうされましたか」

菊左衛門がやや緊張した面持ちでやってきた。なにか深刻な用事があるのかと思ったらしい。

「実は、麦湯売りをやろうと思って」

「月様がですか？　それはまたどうして？」

「要さんのお役目の手伝いなのです」

「例の殺しですか？」

菊左衛門はなにかを察したようだった。

「そうです」

「なるほど。それはなかなかの事件に巻き込まれていますな」

そう言って居住まいを正す。どうやらもうなにか知っているらしい。

「これは月様の仕事にもつながりそうですから。おやりになるといいでしょう」

「わたくしの仕事……かかわりがあるのですね？」

「ええ、十分あると思います」

「誰を殺せばよいのですか？」

「まだ決まっておりません。人数も」

まだ、ということは何人か候補がいるのだろう。

「清七という人の仇討ちではないですよね？」

一応訊いてみる。

月の言葉に菊左衛門は笑ってみせた。

「まさか。あの男に価値はありません。仇討ちなど誰も考えないでしょう。小物ですよ」

死んでも誰にも省みられないのは少々悲しくはある。

だが、清七が殺されるきっかけになった人物はいるだろう。

「今回の事件のもとになっているのは、清七の勤めている山口屋を乗っ取りたい人間の存在かもしれません」

「薬種問屋を乗っ取るのですか？」

「そうです」

「それはあまり意味がないような気がします」

「そうでもありませんよ。武士は薬種問屋を商えないですが、乗っ取ってしまって、かすりを取ることはできます」

「それは薬種問屋に旨味《うまみ》がないし、従う意味もないでしょう」

「それをするから犯罪なのですよ」

一体どうするのだろう。まず、どのような店でも大店《おおだな》なら後ろ暗い部分はあるだろう。それを探り出して、いや、むしろ手代や番頭を使ってその弱みを作るのか。

清七は、それがうまくいかないうちに誰かに殺された。そうだとすると、乗っ取ろうとした側によるのか阻止したい側によるのかわからない。

月は殺しは得意だが考えるのはあまり得意ではない。

しかしこれは要に相談してもいいのだろうか。いや、無理だろう。要が余計なことを知りすぎているのもよくない。

邪魔しない程度に協力したかった。

「後ろにいる人物はわかっているのですか？」

「それはまだです。うまく隠れています」

菊左衛門はため息をついた。

「悪い奴は隠れるのが上手なものですよ」

たしかにそうだ。表立って悪事をするのは小物のやることだ。そういうのは奉行所の役目であって、殺し屋の仕事ではない。

殺し屋は事件解決が仕事ではないのだ。

「要さんは真実にたどりつけそうなのでしょうか」

気になっていることを訊く。要は無能ではないが、闇の人間ではない。たどりつく先にも限界はありそうだ。

「奉行所の方ですから奥は難しいでしょう。でも目先に見える真実は摑めると思いますよ」

目先。つまりは実行者とその取り巻きということだろう。事件は表の世界と裏の世界では見え方が違うものだ。

「わかりました。とりあえず目先の協力をすることにします」

そして要と出逢い茶屋に泊まろう。噂には聞いているがもちろん泊まったことはない。そもそも武家が利用するものではないからだ。

行くとなにかときめくことがありそうな気がする。

「では菊左衛門さんも、わたくしが麦湯売りをするのは賛成なのですね」

「ええ」

菊左衛門は大きく頷いた。

殺し以外の仕事は初めてだ。うまくいくのかどきどきする。

しかし考えるだけでも自分が大きく成長する気がした。

くろもじ屋を出ると楓のところに向かう。ここが一番大切だ。なんと言っても実際に働いている相手なのだから。

「あら。どうなさったんですか」

楓が驚いたように言った。

「相談があるのです」

「要様なら浮気はしてないですよ」

楓が先んじて言う。

「要さんのことではありません」

月は少し語調を強める。

「年中要さんのことばかり考えているわけではないのです」

殺しのことも考えるから、「要だけ」は絶対に違うと思う。

「そうですか。夜も昼も要様かと思いました。それでどんな相談なんですか」

楓は軽口を叩く。

身分関係なく仲良くなるというのはいいものだ。そもそも月は人と接しない育ち方をしてきたから、新鮮でいい。

むしろ人と接しなかったために「身分」というものにあまり馴染みがないとも言えた。

「実は、麦湯売りをすることになったのです」

「なぜですか？」

「要さんのお役目の都合で」

月が言うと、楓は真面目な表情で腕を組んだ。

「そいつはなかなか大変ですね」

「向いてなさそうですか？」

「反対です。月さんは人気が出るでしょうね」

楓が確信を持ったように言った。月にはわからないが、楓が言うならそうなのだろう。

「それにしても要様はなにを調べるのですか？」

「わかりません。ただ秋葉ケ原がいいとだけ聞いています」

「秋葉ケ原はあまり関係しそうにないですけどね」

「末広町が近いからだそうです」

月の言葉を楓が聞きとがめる。

「末広町になんの用事ですか？」

「そこの出逢い茶屋に二人で泊まると」

月の言葉に、楓がにやりとする。

「なるほど。そういうことでしたか」

「どういうことですか？」

「要様もなかなかやりますね。要するに出逢い茶屋に月さんと泊まる口実ですよ。お熱いですね」

そう言われてどきりとする。夫婦としての愛情を深めるための口実なのだろうか。真面目な要だけに考えにくいが、もしそうならものすごく嬉しい。

要の邪魔になりそうな犯人をみんな殺したいほど嬉しい。

「本当にそうだといいです」

そう言うと月は心から笑ったのだった。

そのころ。

要は北町《きたまち》奉行の柳生久通《やぎゅうひさみち》と二人で相対していた。通常、同心が奉行に対面することはない。最近はだいぶゆるくなっているとはいえ、せいぜいが内与力《うちよりき》どまりである。

つまりこれは奉行と同心というよりも、義父と女婿《じょせい》だからというところだ。

「月を麦湯売りとして働かせるという書類が出されておるな」

「はい。捜査の助けをと思いまして」

要が平伏する。

「己の妻女をな」

久通がやや厳しい声を出す。

常識としてはありえないこともあるが、それ以前に殺し屋の娘が麦湯を売るというのはどうなのか、と考える。

それだけ月は要に疑われていないという証拠でもあるが。

「お主は今回の事件をどう見るのだ」

書類では見ているが、あらためて訊く。

「はっ。ではご説明させていただきます」

要はかしこまって口を開く。

書類にはあまり推測を混ぜないから、口頭の報告とはやや違う。

今回清七が殺されたのは、表向きは辻斬りであった。しかし実際は金がらみの事件だと要は思っている。

ただ、犯人としては辻斬りの形にしたいのではないかと思う。

「なので、もう何件か辻斬りが起こると思われます」

「なるほど。隠蔽《いんぺい》のための辻斬りか」

それはよくある手だ。

「しかしそれは防げぬやもしれぬな」

「残念ながら」

要は唇を嚙《か》む。事件を未然に防ぐほど難しいことはない。奉行所はあくまで事件のあとに動くものだからだ。

「向島で又あると思うか」

「いえ。別の場所でしょう」

「なぜだ」

「向島に行くと斬られる、という評判がたてば、金持ち連中の恨みを買います。そうするといろいろやりにくいでしょうから」

「たしかにそうだな」

奉行所の管轄で辻斬りは面白くない。奉行所はなにをやっていると責められるからだ。

しかし同心も夜は休んでいる。岡っ引きでは斬られてしまうだろう。

「どうしたら防げるものか」

「見廻りくらいしかありません」

要があらためて平伏する。

「まあよい。それで金がらみとなると、犯人の目星はついているのか」

「まだです。いま調べているところです」

「どうして娘を密偵にしようと思った」

久通に問われて要は考える。まさか悋気を心配して、とも言いにくい。

言い淀んでいると、久通がにやりとした。

「まさかとは思うが、浮気を疑われないためか？」

ずばりと言われて言葉に詰まる。

「申し訳ありません」

「いや。お主が謝ることではあるまい」

久通は言いながら少し反省する。娘は殺し屋として厳しく育ててきた。そのせいで他人にあまり興味がなく育っていたのだが、要には惚れ込んでいるらしい。

箱入りが過ぎたか、と思う。

そのうえで殺しの腕がいいから、悋気となると手がつけられないだろう。

「お主も苦労するな」

思わず声をかける。

「いえ。お手数をおかけします」

「密偵の件はよい。問題はこの事件がどういう根を張っているかよ。そこを間違えると犯人の見当などつかぬ」

「そうですね」

要は考える。とにかく聞き込みしかない。清七が誰とつきあっていたのか、そこを徹底的に探るのだ。

つなぎとしていた清七が、まさか殺されるとは思わなかった。

「まずはもともと探っていた男に当たろうかと思います」

清七をきっかけに、松七《まつしち》という茶問屋の手代に当たる予定だった。この男は賭場の胴元をやっているらしい。

　これはかなりおかしいことだ。まともな店の手代に胴元をやる暇はない。つまりその手代を抱えている店そのものが怪しいということになる。

「賭場というだけなら大したことはあるまいがな」

「それが少々厄介な賭場でして」

「なんだ？」

「屋台の賭場なのです」

「屋台？」

　久通が目を見開いた。

「賭場に屋台などというものがあるのか」

「ええ。残念ながら最近できたようで」

　要は頷いた。

「どういうことだ」

　久通がさらに問う。屋台には様々なものがあるが、博打を屋台でというのは珍しい。そう簡単にできるようなものではないだろう。

「小豆《あずき》という博打なのです」

要が説明する。小豆とは文字通り豆を使った博打だ。椀《わん》から適当な量の豆を手に取って、六個ずつより分けていく。残った数が五以下になったときが終了だ。客は無しから五までのどの数が残るのかに賭けるのである。

イカサマもまずできないし、博打としてはなかなか盛り上がる。丁半《ちょうはん》や手本引《てほんび》きと違って場所を取らないから屋台で手軽にできるというわけだ。

しかも手入れがあっても「豆を食べていただけです」と言えてしまう。

「よくもまあ、次から次へと考えるものだ」

久通が呆《あき》れた声を出す。

「まったくです。そして博打の屋台を足がかりに様々な犯罪の相談をしているのではないかと思われます」

「清七もその中の客であったということか」

「はい。そして我々が迂闊《うかつ》につながったために口封じをされたのではないかと思います」

「して斬ったのは浪人か。旗本か」

久通が問う。浪人なら町奉行所の管轄で、旗本なら違う。久通にとってこの差は大きい。

「まだわかりません」

「浪人ならよいがな」

「そうですね。最近旗本の犯罪が多いですから」

要が答える。

武家の犯罪が増えている理由は簡単だ。金がないからである。

武家は勝手に商売をしてはいけない。浪人よりもさらに窮屈と言えた。それでも長男ならいいが、次男三男となるとほぼ金を得る手段はない。

だから盗賊の片棒をかつぐようなことをしてしまう。

なにか武家も稼げる手段があるといいのだが、幕府としてはそこは譲れない。武士の矜持《きょうじ》を守れないことはしてはならないのである。

今回も金で人斬りを請け負った武士の仕業かもしれなかった。

「いずれにしても松七を当たります。今回は斬られないように気をつけたいです」

「うむ。注意深くな」

そう言ってから久通は懐に手を入れた。

「十両ある。使え。奉行としての金ではない、義父《ちち》としての金だ」

それから小声になった。

「娘が世話をかける」

「ははっ」

金を押しいただく。久通なりに月を気遣っているのだろう。要は裕福ではないから
この金はありがたい。

「なにか美味いものでも食べるといい」

「そうします」

金を懐にしまう。十両は大金だ。要が一年間に幕府からもらう給金とほぼ同じであ
る。同心は薄給だから、犯罪すれすれのゆすりやたかりが横行するのである。

自分は町人に迷惑をかけないようにしようとあらためて思う。

久通のもとを辞するとどっと疲れが出る。どうやら緊張していたらしい。奉行で義
父というのは厄介な存在と言えた。

なにはともあれ、近いうちに美味いものを食べようと決める。

月はうまくやっているだろうか。といっても屋台の準備には時間もいるだろう。

今日のところは帰って、なにを食べるのがよいか月と相談しよう。

要が奉行所を出たころ、月はうきうきしながら要の帰りを待っていた。

まさか要が逢引きのために密偵を認めてくれたとは考えなかった。思ったよりも自分のことを好きでいてくれているようで嬉しい。

もちろん要に好かれているとは思うが、いまひとつ自信がないのだ。

今日のところは美味しいもので迎えようと思う。と言っても料理にも自信がまだないので人の手を借りている。

まずは鯵《あじ》である。五月に上手に焼いてもらったものをほぐして刻んだ筍《たけのこ》、そして梅干しと一緒に味噌につけておく。食べる前に火鉢で温めるのだ。

鯵が味噌仕立てなので汁ものは澄ましである。いまはバカガイが安いので、買ってきて鍋に入れて煮る。これだけでいい出汁《だし》が出る。

これにも細切りの筍を入れる。

二月から四月までは筍は必須である。あちこちに生えているのでとにかくお金がからない。売っているものも非常に安い。定食屋なども筍の料金は取らないくらいの安さだ。

要の家の庭にも生えてくるのを、梅たちが掘りだしておすそ分けをくれる。月は筍を掘るようなことはできないから、とてもありがたい。とれた筍は米ぬかと一緒に茹《ゆ》でてもらえる時もある。

なので便利に使うことができた。

あとは食べる前に大根をおろせば大丈夫である。冬場の大根は辛いから、甘い味噌とは相性がいい。

「ただいま」

要が帰ってきた。

「お帰りなさい」

出迎え、用意してあったお湯を渡す。この時期はいつも土間に湯を沸かしている。足を洗うのにも使うし、湯気が土間に出ていると風邪《かぜ》を引きにくい。

要は足を洗うと大きくのびをした。

「お奉行から手当をもらった。二人で美味いものを食べろということだ」

「父上が。そうですか。ではなにを食べましょう」

父親もそういう気遣いをするらしい。

「この季節にはどんなものがいいのでしょう。蕎麦くらいしか思いつきません」

「そうだな。たまには猪《いのしし》というのはどうかな」

「食べたことないです」

「体が温まって精がつくぞ」

「それはなかなか激しいですね」

つまり求められているということだ。こういう真っすぐな物言いは嫌いではない。妻だから当然のことでもある。

月が顔を赤くすると、要の顔が少し青くなった。

「待て。そういう意味ではない」

「ではどういう意味ですか？　わたくしには魅力がないということですか？」

思わず突っ込む。そうだとしたらなかなか悲しい。

「そういうことでもない」

要が慌《あわ》てる。

「月は魅力的だ。そこに間違いはない。しかし猪をそのために食べるわけではないぞ。冬場となると温まるのは鍋だからな」

言ってから腹を押さえる。

「それよりも腹が空いた」

「わかりました」

返事をするとすぐ食事の用意をする。

と言っても飯をよそう以外は温めるのと大根をおろすだけだ。あとは火鉢に酒の入ったちろりを入れる。

「いい匂いだな。美味そうだ。溶き辛子《がらし》をもらってもよいか」

「はい」

要は魚に溶き辛子をつけるのが好きである。刺激があっていいらしい。月には少々刺激が強すぎるのだが。

酒を湯呑《ゆの》みにそそぐ。最近要は家ではこれを一杯だけ飲む。酒に弱いわけではないのだが、自制しているらしい。

鰺と煮られている梅干しを口に放り込み、酒をあおる。いかにも美味しそうだった。

「月も食べるといい」

「はい」

月も座って箸《はし》をつける。鰺はもちろん美味しいのだが、飯と食べるときはまず梅干しである。

味噌と魚の旨味を吸った梅干しほど美味しいものはない。いい感じに塩気が抜けてかわりに旨味が入り込んでいる。

飯と食べるのにこれ以上のものはなかった。

「そう言えば、麦湯を売る準備にはどのくらいの日数が必要なのだ」

要に訊かれる。

「明日からでも平気です」

「そんなに簡単なのか？」

「ええ。屋台もなにもかも貸し出してくれるのです。使用料さえ払えばいつからでも仕事はできますよ」

月も知らなかったが、麦湯売りの仕事を始めるのに準備はほぼいらない。ただどこに屋台を出すのかという話はつけないといけない。

そこは楓がやってくれるので、月としてはいつでも平気なのである。

江戸は厳しい部分とゆるい部分の差が激しい。月はたまたまゆるい部分に当たったというわけだ。

「麦湯売り、しっかりやりますね」

「そうだな。あとは客の話に耳を傾けてくれ」

「わかりました」

答えてから、あらためて訊く。

「いつから出逢い茶屋に泊まるのですか？」

これには他意はない。家を空けるとなると挨拶があるし、やっておくこともあるからだ。

「明日でも明後日でも。月が麦湯を出す日からでいい」

「では明後日《あさって》にしましょう」

そう言うと、明日には準備は整うだろうと考えた。

翌日、月はくろもじ屋に出向くために日本橋を歩いていた。月一人では店をやれないから、くろもじ屋から人を借りるためだ。

気をきかせて女の店員を用意してくれるらしい。

歩いていると読売の声が聞こえた。

「また出たよ。辻斬りだよ」

どうやら誰か斬られたらしい。

「お茶問屋の手代の松七だ。手代斬りだよ」

読売の声がする。

連続して手代が斬られているようだ。

なにか目的があって斬っているのかもしれない。

考えながらくろもじ屋につくと、一人の女性を紹介された。

「綾《あや》さんという方です。こちらは正真正銘浪人の女房です」

紹介された綾は頭を下げた。

「お世話になります」

背筋もぴしっとした美人である。月よりは少し年上だろうか。口元にほくろがあってなんとも色っぽい。

月よりも人気が出そうだった。

「人妻二人でとなると、かなり繁盛するでしょう」

菊左衛門が楽しそうに笑った。

「綾さんは料理も上手なので安心してください」

「ありがとうございます」

どうやら麦湯売りのほうは安心だ。

あとは人斬りが少し気になるくらいだろうか。

準備を整えて、綾を帰すと、菊左衛門はあらためて月を奥に案内した。

「どうも要様は面倒な敵と当たりましたな」

「どういうことですか？」

「昨日斬られたのは、要様が調べる予定だった男です」

ということは偶然ではない。単なる口封じなのか、どこかから話が漏れているのかである。だとすると要の身近に密偵がいるということになる。

下手《へた》をすれば要まで殺されかねなかった。

「それは危ないですね。もし要さんのまわりに密偵がいるなら始末しないといけません」

「依頼はないですよ」

「そういう問題ではありません。要さんの命にかかわるのですから」

月が勢い込んで言う。菊左衛門も頷いた。

「そうですね。なにかわかったらお知らせします。とにかくお気をつけてください」

「はい」

返事をしながら考える。要の人間関係のすべてを月が知っているわけではない。要が狙われることはあるのだろうか。

冷静になってみれば、危険は高くはないようにも思う。同心に手を出すとただではすまないからだ。それにしても、要が調べようと思った相手が連続で斬られるとは。

もし犯人を殺すことになったとしても、腕が立つ相手は厄介そうだと思う。

武士は強い。殺し屋はあくまで影から殺すから強いので、正面から向き合ったら武士には勝てない。

人殺しの訓練を幼少から積んでいるようなものだからだ。

殺し方は考えよう。

そう思いながら楓のもとに行き、簡単に教えを受けた。


翌日。

月は秋葉ケ原で麦湯の屋台を開いたのであった。

正直、麦湯を飲んでいるときは、売るのが大変だと思ったことはなかった。もちろん楽だと思ったこともないが、月が考えていたのとはまるで違う。

「いらっしゃいませ」

客に挨拶するのがまず大変だ。

声が出ない。緊張しているのだろうか。人づきあいがうまいほうではないが、蚊《か》の鳴くような声しか出ないとは思わなかった。

多くの屋台がそうであるように、品は麦湯と団子《だんご》だけ。屋台は狭く、品数が多いと対応できないからだ。団子になにかを塗《ぬ》ることもしない。軽く炙ればいいようになっていた。

生地に塩を混ぜ込んだだけの塩味である。

試食《きじ》してみた感じではなかなか美味しい。ふわふわした生地に塩味がきいているので、粉の甘みが引き立つ。温めてあるとなお美味しかった。

客も気に入ったらしくておかわりも多かった。

それに、開店してすぐに客が数多くやってくるとも思わなかった。客がつくまでのんびり行こうと思っていたのだ。

「麦湯くれ」

「こっちは団子だ」

麦湯と団子のみの、他の店となんのかわりばえもしないこの店がここまで混雑するとは考えていなかった。

「どうして混むのでしょう」

思わず綾に尋ねる。

「月さんが売ってるからではないですか?」

綾が軽く笑う。

「わたくしにそんな価値があるとは思えません」

「あとで説明します。はい団子」

渡された団子と麦湯を届けて注文を聞く。客足が落ち着いたらと思ってもまるで途切れない。昼前に店をあけてもう四半刻《しはんとき》もこんな感じだった。

「もう団子がないですね」

綾が肩をすくめてから、大声を出した。

「品切れです」

屋台は数に限りがある。そうそう大量に用意できないのだ。客が悪態《あくたい》をついた。

「あとでまたやりますから」

そう言われて客が帰る。

疲れで足ががくがくと震えてしまっていた。

殺し屋がいかに楽な仕事かよくわかる。

「お疲れ様です」

綾が麦湯を出してくれた。

「ありがとう」

麦湯を飲んでひと休みする。

「こんなに疲れるものとは思いませんでした」

初日からこれでは先が思いやられる。綾がかなり肩代わりをしてくれたからなんとかもったというところだ。

「まだ昼前なのにもう品切れなのね」

「あとで追加が来ますよ」

「やっぱりまだ売るの」

月がため息をつく。

「それが仕事でしょう」

綾が声をあげて笑った。

「たしかにそうですね」

やれやれ、と思う。

そして麦湯をもう一口飲んだとき。

人殺しの気配がした。

月の後ろに人を殺したことがある人間がいる。人殺しというのは、なんとなく周りの温度が低くなる。

もちろん例外もある。月などは殺し屋の気配は出ない。これは人殺しに対しての考え方の問題なのだ。影の世界から「人殺し」になると気配が出る。月は人殺しではなく殺し屋だから明るくいられるのだ。

いま近くにいるのは影のある人殺しだった。振り向くとなにか気づかれそうで首を動かせない。

綾に声をかけるのも不自然だ。

どうするか、と思っていると、当の気配が声を出した。

「おう。誰に断わって商売してるんでえ」

どすのきいた声だ。言葉の調子からするとやくざか岡っ引きに違いない。しかしこれで安心して振り返ることができる。

顔を向けると、いかにも悪い顔をした岡っ引きがいた。十手《じって》も持っているが、腰に脇差を差していた。刀を二本差すとおとがめがあるが、一本ならかまわない。と言っても町人が刀で人を斬るのは重罪だ。

あくまで脅《おど》しという意味だろう。しかしこの男は人を殺したことがある。ろくでもない方法で岡っ引きになったのかもしれない。

岡っ引きの多くはやくざである。地元で顔がきくから犯罪も捜査できる。ただしほとんどの岡っ引きは自分も犯罪者である。

だからこそ犯罪者のこともわかるのだ。ほぼ無報酬の岡っ引きは「自分の犯罪は見逃してもらえる」という報酬で働いている。

「金星《きんぼし》の親分さんに話をつけています」

そう言うと男はいやそうな顔をした。

金星は岡っ引きの中では嫌われているほうだ。なんと言っても悪事を働かないからである。悪党の岡っ引き連中には煙たいらしい。

「あんな奴じゃ話にならない。どうだ。俺に乗り換えないか」

男はにやにやと笑いながら月を見る。

この男には自分はどう見えるのだろう。

「わたくしって魅力的ですか？」

この岡っ引きに訊くのもなんだが、そこは気になるところだ。他人から見ると自分はいい女なのだろうか。

男は一瞬驚いた顔をしたが、どう思ったのか笑顔が輝く。

「おう、いい女だよ。だからあんなに客が来たんだろう」

「わたくしにお客さんがついたということですか？　今日初めて働いたのでわからないのです」

「いままではなにをしてたんだ」

「内職です。浪人ですから。夫と働いていたのですが、麦湯を売るほうが少し給金が高いと聞きまして」

月はそう言って目を伏せる。

浪人の妻、と名乗ったときは目を伏せるべきだ、とあやめに聞いていた。

「旦那さんは」

「少し体が弱いのです」

月が答えると、男は不意に優しそうな声を出した。

「そうかい。なにかあったら俺を頼るといいぜ」

「お名前は？」

「吉蔵《よしぞう》って言うんだ。秋葉ケ原あたりを根城にしてる」

根城か。縄張りではなくて根城。ということは秋葉ケ原あたりでなにか収入を得ているのだ。

案外いい話を知っているのではないか。

何人か殺してはいるだろうが、味方になると気のいい男なのかもしれない。気を許せるわけではもちろんないが。

「わたくしは月と申します」

月は頭を下げる。

「あちらの姐さんは？」

「綾さんと言って、やはり浪人の御新造《ごしんぞ》さんです」

「なるほど。二人とも浪人のね」

吉蔵は右手で顎《あご》を撫でる。

「そうするとあれだ。いい仕事があったらやりたいのかい」

「体は売りませんよ」

月はぴしゃりと言った。

「それは夫に申し訳ないです」

「わかってるよ。そういうことじゃねえんだ」

吉蔵は言い、なにを納得したのか頷いた。

「また今度来るわ。金星によろしくな」

そう言ってさっさと帰っていく。

綾が近寄ってきた。

「平気でしたか？　柄が悪そうでしたが」

「大丈夫です」

それから綾を見る。

「なんだかいい仕事を紹介したいそうですよ」

そう言うと綾は表情を曇らせた。

「ろくでもない仕事っていうことですね」

「やはりそう思う？」

「ええ。間違いないです。江戸は仕事に困ってあまりなくて。きちんとした仕事は口入《くちい》れ屋にありますから。つまり口入れ屋が扱わない仕事ということですよ」

「口入れ屋って優秀なのかしら」

「月さんは関係ないから知らないですよね。優秀です。江戸で仕事がないのは仕事を選んでいるか身分がないかのどちらかですよ」

なるほど。たしかに江戸では本当に職がない人は少ない。地方から出てきて身分が定まっていないと仕事はとれないが、身分が解決すれば仕事はできる。

それなのに「いい仕事」と言うからには、口入れ屋を通したくない仕事なのだろう。

あるいは仕事のあとで始末する気なのかもしれない。

始末はありそうだ、と月は思う。

「少し話を聞いてみましょう」

綾に答える。

「ところでわたくしに魅力があるから客が来ると言われましたが、要さんもこの姿には魅力を感じるでしょうか」

月の格好は青地に赤い牡丹が染めてある。そのうえに透綾の羽織という初夏の格好である。いまの時期では季節外れであった。

しかし襦袢《じゅばん》を暖かいものに替えてあるのもあって、昼間なら平気である。

いかにも目立つには違いない。

「誰でも目を奪われますよ」

綾が手を叩《たた》いて言う。

そうなら嬉しい、と思っていると、追加の団子が届いた。

「さあ仕事ですよ」

綾が楽しそうに言う。

大量の団子を見ながら、月はため息をついた。

殺し屋が一番だ、と。

夕方になった。

団子がふたたび切れたので店じまいである。麦湯はまだあるがもう体力がない。店で働くことがこのように疲れるものだとは思わなかった。

楓はよく笑って働ける、と感心する。

店をたたんで腰をかけた。

もう日はほぼ暮れているが、秋葉ケ原はまだにぎわっていた。いままで神楽を舞っていた娘たちが今度は女給として酒をふるまっている。

先ほどまで舞台を見ていた客が、そのまま屋台の客になるというわけだ。

これなら繁盛するだろう。

「体力あるわね」

月は今日何度目かわからないため息をつく。

「体力に感心するんですか」

綾が楽し気に笑う。

「まずはそれでしょう」

「そうですね。でも秋葉ケ原は若い娘たちの救いですから」

「なぜ？」

「若い娘がそれなりにお金を稼ごうと思ったら、体を売る以外の方法はなかなかないですからね」

「そうかもしれないですね」

「だからあまり秋葉ケ原を荒らされたくないです。ここの火除け地が使えなくなったら困る娘は多いですよ」

月にはわからないことが多いな、と思う。

と言っても月は秋葉ケ原の安全を守る立場ではない。そこはあくまで定廻《じょうまわ》り同心の役目ということになるだろう。

あるいは岡っ引きだが、こちらはあてにはなるまい。

「あの吉蔵という男のことは、要さんに訊いてみます」

一息ついてから言う。

「それにしてもぶしつけな男でしたね」

「月さんがモテるってことです」

綾がにこにこと笑う。

「あれがモテる、なのですか？」

「そうですよ」

綾が当たり前のように言う。

だとすると月が想像していたのとはかなりずれがある。

「わたくしが思っていた『モテる』とは違います」

「どう違うのですか？」

「もう少しこう、丁寧なものかと。値踏みするように人を見て、『おっ』みたいな反応は違うでしょう」

月の言葉に綾が笑いだす。

「殿様が相手じゃないんですよ。町人ですよ？　お尻を見て、『おっ、いい尻だ。顔も俺の好みだ。今晩どうだい』がモテるってことです」

「本当ですか？」

「本当です」

綾が真顔で言う。

だとするとモテなくてもいい、と思う。迂闊にモテていては死体の山を築きそうだ。

「どうしましょう。わたくしモテるのはいやです」

「麦湯売りはモテるのが仕事じゃありませんか」

呆れたように綾が言う。

そう言われるとそうではある。

「ではお客さんは、わたくしのお尻を眺《なが》めたりするために来るのでしょうか」

「今日もそうでしたよ」

まったく気がつかなかった。殺気が出るわけではないから、考えもしなかったのである。

「人気のあるお尻だったと思いますよ」

「そうですか」

人柄ではなくお尻。月にはかなり衝撃だ。しかし麦湯を売るからには慣れるしかないのだろう。

「たまに触る客がいても耐えてください」

反射的に手を突き刺したりしてはいけないということだ。

これはなかなか大変だ。

考えをめぐらせていると、要がのんびりとやって来た。

「お。商売はどうだ」

能天気な笑顔である。まるで心配している様子はなかった。

信頼されている、と思うとお尻の件は言いにくい。

「吉蔵さんという方がいらっしゃいました」

月が言うと、要が眉をひそめた。

「吉蔵か。面倒な奴がいるな」

おや、と思う。

要は隠密同心だ。縄張りが関係ないだけに、さまざまな風聞に詳しい。もちろん岡っ引きについても知っているだろう。

だから吉蔵の事も知っていて当然なのだが、秋葉ケ原にいるとは思っていなかったらしい。

つまり普段は秋葉ケ原にいない男が突然あらわれたわけだ。人斬りと関係があるかはともかく、不自然ということだろう。

岡っ引きは自分の縄張りからはあまり出ない。あくまで縄張りの中の「顔」でいたほうがなにかと都合がいいからである。

吉蔵は「根城」と言っていたし、なにか出稼ぎするようなことがあったのだろう。

「ちょいと吉蔵を絞めたほうがいいかもしれないないな」

要が厳しい表情になる。

なにかを摑んでいるのではないかと思ったようだ。

「かなりふてぶてしい人ですよ」

月は思わず心配になる。

岡っ引きは便宜上同心に従ってはいるが、生活を依存しているわけではない。そう簡単に同心の言うことを聞いてはくれないのだ。

あくまで気の合った同士で成立する関係なのである。

「大丈夫。これでも隠密廻りだからな」

要には自信があるようだ。

月にはわからない面も多いのだろう。なんとなく頼もしく感じる。

「では行こうか」

言うと要が咳払いをした。

「あ。はい」

返事をして少しどきどきする。これから逢引きをするという咳払いだ。もちろん夫婦だからどうということはないのだが、あらためて出逢い茶屋というと気分が変わる。

綾に挨拶すると要の少し後ろを歩く。

「人が多いから」

言いながら要が左手をさし出してきた。手をつなぎ、並んで歩く。

人の多い秋葉ケ原を抜けて末広町に行く。閑散とは行かないが喧噪《けんそう》からは遠くなる。料理屋の提灯《ちょうちん》がぽつぽつと地面に置いてあった。

「蕎麦屋はないのですね」

「蕎麦もあるぞ。それよりな、このへんは『ももんじい』を食べさせる店がある」

「獣《けもの》ですか」

「うむ。精がつくからな。出逢い茶屋の近くにあるのだ」

「要さんはよく食べますか」

「たまにな。精がついてなかなかいい」

「誰と食べるのですか？」

「金星だ。あいつはあれで肉が好きだからな」

それから要があらためて言う。

「女と食べるのは月が初めてだ」

「嬉しいです」

つまり他の女と精をつけてはいないということだ。

「では入ろう」

要はためらわずに店に入っていく。

「待ってください」

「なんだ？」

「はしたなくはないですか？」

思わずためらう。いまここでももんじいを食べるというのは、これから出逢い茶屋に行くと言っているようなものだ。

それは少し恥ずかしい。

「ではやめるか」

「それもいやです」

それから月は息を整えて言う。

「なるべく堅い話をいたしましょう」

堅い話題なら店員も変なことを考えないかもしれない。

「わかった」

店に入った途端、獣よりも濃い味噌の匂いがした。

席に案内されると、目の前には長火鉢がある。

「この火鉢で鍋を温めて食べるのだ」

要に説明される。

店員が来ると要は手慣れた様子で鍋を注文した。猪の鍋らしい。酒は頼まなかった。かわりにお茶を出してもらう。

「酒もいいがこれは飯に合うのだ」

要がにこにこと言う。

料理が運ばれてくるまでの間、月は気になっていたことを訊くことにした。

「要さん、お訊きしたいことがあります」

「なんだ」

「今回事件の手伝いということは承知しているのですが、あまりにもとりとめがないような気がするのです」

「どういうことだ？」

要に頭の回転が悪いと思われるかもしれない、と思ったが、要からはそういう気配はない。あくまで真面目な表情であった。

「まず清七という男が殺された。これはわかります。次に松七。この二人にはなんらかのつながりがあった。これもわかります。しかし無尽だったり博打だったりが出てきて、一体なんのことなのかさっぱりわからないのです」

月は要の目を見つめた。

「わたくしたちは、一体なにを調べているのでしょう」

月の言葉に、要は大きく頷いた。

「わかる。たしかにとりとめがない。しかしそれが事件というものなのだ」

「どういうことですか？」

「人を斬るからといって、その男が人を斬ることしかしないわけでもないだろう。飯も食えば酒も飲む。博打もする。普通の生活もすれば他の悪事もする。もしかしたら善行を積んでいるかもしれない。だからとりとめがないのだ。相手は人間だからな」

「そうですね」

月のように殺し専門の人間でも、こうやって夫婦生活をしているのだ。どんな人間でも犯罪をしていない時間のほうが長いと言える。

「それならどうやって手がかりを摑むのですか」

「人間らしさを追うことだな」

要が軽く笑った。

これは月にはわからない。

店員が鍋を持ってやって来た。

「もう煮えています。食べられますよ」

鍋の中には猪らしき肉と豆腐、それからささがきの牛蒡《ごぼう》が入っていた。牛蒡はかなりたっぷりある。

「さあ食べよう」

言いながら肉に箸をのばす。

月もまず肉を食べてみた。

味噌の味がしっかり染みた肉は、なんとも言えない美味しさがある。魚よりも味は濃い感じがする。

噛み応えもある。とろりとした味わいは脂《あぶら》だろうか。魚の脂と違って口の中で消えたりせず、喉まで味わいが残る。

「美味しい」

「うん。それに力がつきそうだろう」

「そうですね」

牛蒡もしっかりと味が染みて美味しい。

これは癖になるかもしれない。

店員がふたたびやって来た。肉の追加と茶碗を持っている。

「追加の肉はこれで食べてください」

渡されたのは、すりおろした山芋と卵を混ぜたものであった。

「これをつけると味わいが変わります」

そう言って去っていく。

言われた通りに肉を山芋につけて食べると、肉の旨味がなおさら引き立つ気がした。

思わず食べ進んでからはっとする。

「もう一つ気になることがあって」

「なんだ」

「なんと言えばいいのでしょう。様々な人にお尻を眺められているのです」

月が言うと、要が面食らったような顔になった。それから普通の顔に戻る。

「麦湯売りならあることだろうな」

「綾さんは、それがモテるということだとおっしゃいました」

「そういうこともあるだろう」

「やはりそうなのですね。では、要さんもわたくしのお尻は好きですか？」

思い切って訊いてみる。

要は一瞬ひるむと、少し顔を赤らめた。

「尻というか月が好きだな」

右を向き、月の顔を見ないようにして言う。

嬉しくなって豆腐を口に入れる。

肉と味噌の味のする豆腐は、山芋にからませるとまさに至福である。最後には雑炊も食べて、月は完全に満足した。

「楽しかったです」

鍋で温まったせいか、握った要の手も温かい。

「では行こう」

要に伴われて出逢い茶屋の入り口を潜る。茶屋と言ってはいるが完全に宿のつくりになっていた。

部屋に通されると布団が敷いてある。普通の布団よりも幅の広いものが一つだけである。

これはどうあっても抱き合って眠れということだろう。

妻として頑張ろう。

そう思ったのだが、麦湯を一日売った疲れに鍋のせいもあった。布団にもぐった瞬間に意識を失ってしまった。

目が覚めるともう朝であった。

隣で要がすやすやと眠っている。

やれやれ、と思う。しかし要の寝顔はいかにも気持ちよさそうだった。

今日も麦湯売りだ。

少し考える。

とりとめがないのが同心の仕事なのはわかる。しかし月にはなかなかつらい。もう少し焦点を作れないものだろうか。

たとえばあの吉蔵をあおって犯人を炙りだすとか。そう言えばいい仕事があるとのことだった。今回のことに関係があるといいのだが。

吉蔵の話を聞こう。そう決意すると、今度はお腹が空いてきた。

なんだかはしたなくていやだ、と思う。

「おはよう」

隣から要が声をかけてきた。

「おはようございます」

「よく眠れたようだな」

「はい。そして気持ちも固まりました」

「なんのだ？」

「吉蔵と話してみようと思います。なにか知っている気がします」

月が言うと、要が顔をしかめた。

「それは危ないのではないか。あれは優しい男ではないぞ」

「なんとかなると思います。わたくしも柳生の娘ですから」

腕はおそらく月のほうがいいだろう。

要は大きくため息をついた。

「気をつけてな」


江戸には女の仕事は多いことは多いが、儲《もう》かる仕事は少ない。儲かるといえば髪結《かみゆ》いだが、これは例外である。

遊女や芸者はともかく、あとはなにかしらで体を売ることになる。矢場《やば》のように自分の尻を的にして稼ぐなり、麦湯を売るなりだ。

しかし吉蔵が「いい仕事」と言うからにはそういうものではないだろう。一番想像がつくのは「口を割らない仕事」である。

わけありの場所での給仕などだ。

しかしこれは給仕のあとで始末されるかもしれないから、女側からするといい仕事かはわからない。

しかしああ堂々と声をかけるのを見られているのだ。簡単に月を殺したりもしないような気がした。

いずれにしても話を聞いてからだ。

まずは麦湯を売ることにしよう。

要を茶屋に残し、秋葉ケ原に出る。

朝の秋葉ケ原は昼とも夜とも違う。朝は秋葉ケ原で働く女子のための屋台が数多く出る。昼からは別の屋台に替わるのだ。

だから朝の献立がにぎやかだ。

中でも朝ににぎわうのが「たぬき飯」である。天ぷらから種を抜いた「たねぬき」だからたぬきである。

夜は天ぷらを扱う屋台の親父が、朝は握り飯を出す。天かすを握り込んでいるものだ。

着物を汚したくないから汁ものは避けたい。なので握り飯がいいのだろう。

月も見たことはない。昨日話に聞いて食べたいと思ったのだ。

屋台には十人ほどが並んでいた。全員着飾っている。これから客を相手に興行をするのだろう。

力をつけるのに握り飯は最高だ。手軽だし腹持ちもいい。

「二つください」

綾の分も買う。

「あいよ」

すぐ握り飯が出てきた。竹の皮に包んでくれる。かなり大きい。一つで充分満腹になりそうだ。

「昨日あらわれた麦湯売りの姐さんだね」

親父が声をかけてくる。

「よくご存じですね」

「秋葉ケ原は狭い。美人ならすぐわかるさ」

どうやら一日で顔が売れたようだ。

大したものだと思うが、これは殺し屋としていいことなのか。やはり少し気になる。

綾のところに行くと、麦湯の屋台の準備で忙しそうだった。

なんとあやめもいる。

「おはようございます」

あやめが頭を下げてくる。

「どうしたの？」

言ってから野暮なことを訊いたとすぐに思う。ここにあやめがいるということは、麦湯を売るかわりにやることがあるということだ。

つまり殺しである。

「そういうこと？」

「はい」

「わかった。これは食べてしまうわね」

言うと綾に一つ渡して、握り飯を食べることにする。

綾が麦湯を入れてくれた。

「綾さんもどうぞ」

握り飯はただの飯のかたまりで、海苔《のり》などは巻いていない。拳ほどもある大きさだった。

一口食べると塩辛い。かなり塩が効いた味である。中には天かすが入っていて胡麻《ごま》油の香りがした。

少し醬油《しょうゆ》味のする天かすが飯に合う。

思ったよりも美味しい。また食べたくなる味だった。これは要も好きかもしれない。

「店はおまかせします」

二人にそう言うとくろもじ屋に向かう。

奥で菊左衛門が待っていた。

目の前に五両が置いてある。どうやら殺しの依頼のようだ。

「殺しですか」

「はい」

「的は？」

「岡っ引きの吉蔵です」

菊左衛門は意外なことを言った。

「珍しいですね」

思わず言う。

岡っ引きが殺しの対象になることはまずない。人のつながりが多いから面倒なのと、理由をつけて牢《ろう》に放り込んだほうがいいからだ。

岡っ引きは牢に入れられると囚人に殺される。生きて帰ってくることはない。だからどんなに乱暴な岡っ引きでも、牢だけは避けようとする。

だが、すねに傷はあるだろう。だからわざわざ殺し屋を使うというのは珍しい。というよりもおかしい。菊左衛門が受けるのも不自然である。

「わけありですか」

月が訊くと菊左衛門は頷いた。

「人とあまりしゃべらずに死んでほしいとのことで」

「では急ぎなんですね」

「そうですね。あまり猶予はないです。七日というところでしょうか」

殺しというのは依頼から実行までは二ヵ月ほどかかるものである。月は急ぎの殺しが多いが、一般的には殺しは時間がかかる。

そこを七日というからには、やはり吉蔵がなにかを握っているということなのだろう。

「わたくし、吉蔵さんに仕事を持ちかけられているのですが、それとは関係がありそうですか？」

「おそらくあるでしょう」

菊左衛門は驚きもしないで言った。

「しかし気をつけてください。疑われないように」

「吉蔵さんからの仕事の内容を訊いてもいいですか？」

「それはわたしも知りません。しかし誘われた女は戻らないようです」

「殺されたのですか？」

「売り飛ばされたのかもしれません」

「でもそれなら吉蔵さんに疑いがかかるでしょう」

いくらなんでも女を売り飛ばしてただですむとは思えない。

「それが、吉蔵は女を帰してはいるのです。見ていた人間もいます。その後、帰り道でかどわかされた形にしているようですね」

なるほど。他人によるかどわかしならたしかに吉蔵は無罪だ。同心はうまく言いくるめられているに違いない。

「それはたちが悪いですね」

「はい」

「どうしましょう。その場にいる客ごと殺してしまいますか？」

同情する余地はなさそうだ。

「かまいませんが人数が多いと面倒ですよ。それと吉蔵以外は金は出ません。そしてかどわかしのことは他の客には関係ないかと思います」

たしかにそうだ。

吉蔵の話に乗るのが早いには違いないが、いい方法を考えたい。

「とにかくこれはお受けします」

月は五両を懐にしまった。誰が頼んだのか知らないが、殺し屋には知る必要のないことだった。

それにしてもどうやって殺そう。月が疑われるのは避けたい。

いろいろ考えながら店に戻ると、吉蔵が麦湯を飲んでいた。

「お、姐さん。昨日の話なんだけどどうでえ」

人なつこい笑顔を見せてくる。

これは月を殺す気だ、と感じる。笑顔にはいくつか種類があるが、これから殺してしまうと決めた相手に対する笑みというのはあるものだ。

「稼げる仕事なんですか？」

「ずばり一両だ」

相当高い相場だ。売れっ子芸者でも一晩ならせいぜいその半分である。高くてもいいのはあとで殺して回収するからだろうか。

「いい報酬ですね」

「だからいい仕事なんだ」

「でも本当に信用できるのですか？」

「前金を出す。旦那にでも渡してから来るといいさ」

どうやら金を惜しむつもりはないらしい。帰り道で襲うにしても金を取り返す目的ではないようだ。

「わかりました。では話を伺います」

月は乗ってみることにしたのだった。

「ここで話されますか？」

「さすがに人目が多いからな。蕎麦屋でいいか？　小部屋がある店があるんだ」

「わかりました。いまからですか？」

「そうだな」

吉蔵が立ち上がる。要に相談してからとも思ったが、気持ちに水を差してもいけないだろう。それにどんな場所で相談するのか気になった。

吉蔵が向かったのは花房町《はなぶさちょう》にある一軒の蕎麦屋だった。蕎麦屋には様々な種類がある。慳貪《けんどん》蕎麦といった立ち食いから、ほぼ料亭というものまである。

蕎麦を出せば蕎麦屋なので、主に刺身を出していても蕎麦屋であった。

月が連れていかれたのはほぼ料亭の店だった。少し格式を下げて客が入りやすくするため「蕎麦屋」にしているのだろう。

吉蔵が入るとすぐに奥に通された。どうやら行きつけらしい。つまりここは悪だくみに使われる店ということだ。

奥には小部屋があって、声が漏れないようになっていた。

もしここで襲われても助けは呼べそうにない。

いっそ襲われたら返り討ちということで手間がはぶけそうだ。

「なにか食べるかい」

「お願いします」

「なんでもいいか？」

「はい」

吉蔵が店の者を呼ぶと、献立も見ないで注文した。かなり慣れているようだ。

運ばれてきたのは山芋のすりおろしと卵のかかった蕎麦であった。

「冬はこれにかぎる」

吉蔵が嬉しそうに言う。

「それで、どのような話なのですか」

月が訊くと、吉蔵は蕎麦をすすってから口を開く。

「なに、給仕さ。ただし事前にどこでやるかは教えないし、そこで起こったことは決して口外しないでほしい。しゃべったってわかったら命にかかわるぜ」

吉蔵がすごんだ。

「怖いですね。わたくしで大丈夫ですか？」

「おおよ。俺は人を見る目はある。あんたは口が堅そうだ」

その読みは外れてはいない。

「でもそれだとどうやって給仕に行けばいいのですか」

「駕籠《かご》を用意する」

吉蔵が当然のように言った。

目隠しして駕籠に乗るのかもしれない。

「仕事はいつですか」

「三日後だ。夜に秋葉ケ原に来てくればいい。あんたの麦湯の店あたりにしよう」

「わかりました」

返事をしながら、違和感を覚える。少し堂々としすぎであった。口外できないような違法な集まりなら、もう少し隠れてやるものではないか。

それに人目のあるなか麦湯売りの女に声をかけるなど、現場に踏み込んでくれと言わんばかりだ。

なにかの囮《おとり》かもしれない。

月が誰かに話すのを見越してのことのようにも思われた。

だとすると、吉蔵をいつ殺せばいいのだろう。その集まりの後だろうか。それとも前のほうがいいのか。

少し考えたが、後にすることにした。

要の調べている事件にも関係しているかもしれないからだ。

その後、吉蔵とはとりとめのない話で終わった。

蕎麦屋を出ると、誰かにつけられていた。吉蔵の手の者に違いない。だとするとここから三日は要と接しないほうがいいだろう。

せっかくの出逢い茶屋をふいにされて、殺意が湧く。

仕事など関係なく、吉蔵を殺したくなった。

店に戻ると、綾とあやめが頑張って売りさばいていた。

「ただいま」

「お帰りなさい」

あやめが笑顔になる。

「つけられてるみたい。どうしましょう」

「誰にですか」

「吉蔵という岡っ引きの手の者ね」

「それは面白いですね」

あやめがくすくすと笑った。

「殺されないといいですけど」

「だからしばらく直接会うのは控えたい、と要さんに伝えたいの」

「ではわたしがお伝えします」

奉行所に要が行くにはまだ時間が早いから、伝言は間に合いそうだ。

それにしてもどうなっているのだろう。

不自然なことが多すぎる。

その日は普通に麦湯を売った。まったく体が慣れない。終わったころにはへとへとになっていた。

「くろもじ屋に戻ります」

あとをつけられてもかまわないと思ってくろもじ屋に戻る。

菊左衛門に事情を説明した。

「それはたしかにおかしい」

菊左衛門が腕を組んだ。

「充分に気をつけるといいです。武器も余計にお持ちください。懐剣も持ったほうがいいでしょう」

たしかに用心に越したことはない。

いずれにしても、早く麦湯からは解放されたかった。

三日して。

約束の日時になった。

夕方になって日が落ちると、一挺《ちょう》の駕籠がやってきた。屋号がない。もぐりの駕籠らしい。

江戸の駕籠の総数は決まっている。幕府の認可がないと駕籠はやれない。だから駕籠には必ず屋号を入れていた。

もぐりの駕籠はそれだけで罪となる。しかも罪は重い。幕府は自らの権益を侵されることには敏感だからだ。

目隠しはされなかった。

大人しく乗り込む。

どこに行くのかまるでわからない。

しばらく揺られている。水の匂いからすると橋を渡ったようだ。

どこに行くのだろうか、と思っていると突然殺気がした。

思わず駕籠から転がり出る。同時に駕籠が断ち切られた。二つに斬られるといった感じである。普通、駕籠の人間を殺すには突く。斬ることはまずない。駕籠はそもそも丈夫で、斬るのは難しいからだ。

しかし斬れた。

男が居合《いあい》、それも据え物斬りをやっている証拠である。斬り合いというよりも動かないものを斬るのに慣れていそうだ。

月が駕籠から転がり出たのが意外だったらしい。男は驚いた気配を出した。顔は頭《ず》巾《きん》で隠れている。目だけが出ていた。

なかなかの腕のようだが、動いている相手にはさてどうか。

月に向かって上段で構えてきた。据え物を斬るときの構えだ。これならつけ入る隙があるかもしれない。

ただし太刀の速度は早いだろう。かわしきれるかわからない。

まさかいきなり、それも駕籠ごと斬りつけられるとは思わなかった。

「女。心得があるようだな。面白い」

男が嬉しそうな声を出した。

「なんの恨みがあるんですか」

月が声をかける。

「恨みなどない。女を斬りたいだけだ」

どうやら本物の辻斬りらしい。

すると月が発見した死体は別の辻斬りだったのか？　それにしては都合よくあらわれたものだ。これが偶然とは思えない。

なにかの理由で月はいけにえにされたのに違いない。一両失ってもこの男に辻斬りをさせたかったというわけだ。

それなりの身分の旗本に違いない。剣の腕もある。

殺されるかもしれない、と唇を嚙む。

すると呼子《よぶこ》の音がした。

男が音のしたほうを振り向く。いま殺すしかない。

と思ったところに、要の声がした。

「御用だっ！」

男が一瞬ひるむ。

しかしそれ以上に月が驚いた。

どうしてここに要がいるのだ。これでは反撃できない。殺し屋としての技量をさらすわけにはいかないのだ。か弱い妻のままでこの男から逃げられるのか。

しかしたとえ殺されても、要の前で殺しはできない。

男は要のほうを見てから、あらためて刀を構えた。月は斬っておこうと思ったに違いない。

幸いなのは月が地面に転がっていることだ。刀は地面に寝ている相手を斬るためのものではない。斬りつけて失敗したら、下手をすれば刃が折れる。

だから躊躇があった。

「やめてください」

声をかける。

戦いのときに会話をすると戦意がそがれるからだ。

男が舌打ちした。

その隙に要が追いついた。手に戦十手を持っている。

四尺ほどの長さの鉄の棒だ。刀とも充分に打ち合える。同心は捕り物のときは長い十手に持ち替えるのである。

要が戦っている姿をきちんと見たことはない。どのくらい強いのだろうか。

男が刀を構える。要は男の前で十手を構えながら月を見た。少し安心した表情になる。

要の構えを見るとなかなかの腕のようだ。しかし男には勝てないかもしれない。なんとか加勢したかった。

しかし斬りかかるわけにもいかない。

二人は距離をとったまま動かない。

月が持っているもので役立ちそうなのは温石《おんじゃく》くらいだ。これは温めた石で、懐に入れて寒さをしのぐ。

つぶてにもできた。

これなら要にも見えないだろう。

男の右足の小指を狙う。

足の小指が痛むともう戦えない。小指でなくても指に当たれば成功だ。

いま男は要と向かい合っていて動いていない。月は男の足の指めがけて温石を投げた。

声こそ出さなかったが命中したらしい。男があきらかにひるんだ。

その瞬間、要が飛びかかった。十手で男の手を撃つ。

男が刀を落とした。これでおしまいである。もう抵抗はできない。鉄の棒で手を撃たれてしまったら痛くてなにもできなくなる。まして冬である。

男はあきらめたような顔をして座り込んだ。

「ちっ」

軽く舌打ちする。

それから頭巾を取った。

「旗本。山浦主水《やまうらもんど》だ」

旗本と言われて要が困った顔になる。名乗られなければ番屋に引っ張っていけるが、名乗られては手が打てない。

山浦は要に刀を渡した。

「これでいいだろう。後日取りにいく」

そう言って山浦は背を向けた。

要が舌打ちする。町奉行所の同心の限界である。

月ははっとして、近くで呆然としている駕籠かきに声をかけた。

「目的の場所に運んでください」

「あ。でも駕籠が」

駕籠は斬られて使いものにならない。月は歩いて行くことにした。

「道案内をお願いします」

「ついて行こう」

要が言う。

「いえ。一人で行きます。要さんが一緒では相手が警戒するでしょう」

それにしてもいいときに来てくれた。

「わたくしをつけていたのですか？」

月が訊くと、要が照れたような顔になった。

「心配だったからな」

妻が謎の場所に出掛けるのはたしかに心配だろう。それにしてもまったく気がつかなかった。要は後をつけるのが上手いようだ。

危ないところだった。なにも知らずにいてうっかり相手を殺していたら、夫婦生活の危機である。

要が戻るのを見届けてから、駕籠かきと歩く。いま月がいるのは向島で、最初に辻斬りの死体を見たあたりだ。

「それにしても姐さんすごいね」

駕籠かきの一人が感心したように言った。

「なにがですか？」

「あんな男に襲われたら、俺ならぶるって家に帰りますよ。俺たちはまあ、金のために仕方ないからここにいますけどね。体は震えてます」

「でも逃げていないでしょう？」

「足がすくんで動かなかったんですよ」

駕籠かきが頭を掻《か》いた。たしかに目の前で人が斬りかかられたら足がすくむだろう。月の行動は不自然だったかもしれない。

要に疑われないといいが、とどきどきする。

駕籠かきが歩いて行ったのは向島にある廃寺の一つであった。向島は寺と料亭の村である。その分廃寺もある。

誰も来ない寺は博打にも密談にも向いているから、けっこう使う人間が多い。むしろ廃寺になる前よりも人がいることもあった。

小さな寺の前まで来ると、駕籠かきは逃げるようにいなくなってしまった。もうあたりには人の気配はない。

これは都合がいい。

月が行ったらみな死んでいた、これで行こう。少々無理はあるが月一人で相手を皆殺しにするとは想像がつかないだろう。

吉蔵を殺して決着をつけよう。

辻斬りのほうはきっとあの旗本だろうし、簡単な仕事だったと言える。

寺の中に入ると、濃厚な血の匂いがした。

はっとしてかけ込むと、六人の男が死んでいた。吉蔵もである。

先ほどの旗本がやったのだろうか。だとすると吉蔵を殺してから月を狙ったことになる。

しかしそれなら血の匂いがしたはずだ。旗本にはそれがなかった。

つまり他の誰かが殺したわけだ。

月は死体を調べた。全員が刀で斬られている。相手は二人いたらしい。刀傷が違う。あきらかに武士の犯行だろう。

それにしても都合がよすぎる。月の先回りをして殺しをするのはおかしい。月か要か、どちらかの近くに敵がいるように思えた。

くろもじ屋とは思いにくい。奉行所の中か、あやめ、楓、綾である。

だが周りを疑いだすときりがない。

ここは偶然だということにしよう。ただし要には今日のことは言う。隠密廻りは調べるのが専門だから、なにかわかるだろう。

見つからないように出逢い茶屋に行く。要は今日もいるはずだった。

深夜にもかかわらず要は起きていた。

「無事だったか」

心底ほっとした顔になる。そして月を抱きしめてきた。

「よかった」

「はい」

要の心配が伝わってきて嬉しい。殺し屋というのはこういう形での心配はされないものだからだ。

「それでどうだった」

「全員死んでいました」

月が言うと、要が体を離した。

「吉蔵もか？」

「はい」

「なおさら無事でよかった。しかし今日は月に感心したぞ」

「なにをですか？」

「普通は斬りかかられたら怖くて体が動かなくなるものだ。それを、場数を踏んでいるような堂々とした対応ができるとは。さすが柳生の娘よ」

無邪気な要の言葉に背筋が寒くなる。

刀を前にすると体が動かなくなるのが普通なのか。月はむしろ体がよく動く。そうしないと死ぬからだ。

「父から稽古《けいこ》をつけられていますので」

「そうか。頼もしいな」

要の腕の力が強くなる。

「お前を失うかと思って胸が苦しかった」

お前。

普段要は「月」と呼ぶ。お前と呼ぶのは少し距離が近い気持ちになった。

「はい」

答えながら抱きしめ返す。

こういうのは悪くない。あの人斬りもなかなかいい仕事をしたと言えるだろう。

それにしても誰が吉蔵を斬ったのか。あの旗本が月に斬りかかってきたのは偶然とも思えない。

吉蔵のところに行かせないようにしたかったのか。

そうだとして、あそこを月が通ることをなぜ知ることができたのか。

「一体どうして。誰があの駕籠のことを知ったのでしょう。偶然とは思えません」

月が口にすると、要も頷く。

「そうだな。あれを知っているのは限られた人間だけだ。殺された吉蔵の仕業とも思えないからな」

「こちらではくろもじ屋さんとあやめ、楓さんに綾さんくらいです」

「奉行所だと、例繰方の松木殿とお奉行くらいだな」

要はそう言って腕を組む。

「細かいことを知っているのは松木殿だけだ」

「その方はどのような方なのですか？」

本人が手を下したかはともかく、誰かにしゃべったのかもしれない。

「松木殿は真面目一辺倒だからな。漏らすようなことはあるまい」

要がため息をつく。

だとすると誰だろう。

「松木という方に弟がいたりしないでしょうか」

「家族に語るということか。まずないとは思うが」

それから要はなにか思ったらしい。

「一応調べてみよう。たしかに松木殿以外にそうそう秘密を知る者はいないからな」

「お仲間を疑うようですいません」

「いや。誰であっても疑うのが同心だ」

要はあっさりと言った。

それからあらためて月を抱きしめる。

「今日は眠ろう。俺もほっとしたからな」

「はい」

そして月は眠りに落ちたのだった。要に抱きしめられながら眠るのは気持ちがいい。これは結婚して初めて知った感覚だった。

目覚めたあとは麦湯を売る準備に出掛ける。

要のほうは普段よりも早く奉行所に向かって行った。


麦湯の店に着いたときにはすでに、綾が準備をしていた。

「おはようございます」

綾に挨拶すると、心配そうに近寄ってきた。

「昨日は平気でしたか？　怪我《けが》は？」

「怪我？」

「岡っ引きの吉蔵さんが斬られたって朝から大騒ぎです」

昨日のことはもう噂が回っているらしい。

「わたくしが到着したときにはもう斬られていました」

「届けは出しましたか?」

「出していないですが、要さんは知ってますから」

殺人を目撃したら届けを出さないといけない。しかし月の場合は同心の要に話したので届けを出したのと同じと言えた。

「誰がやったのでしょう」

「まるでわかりません」

話しているうちに店の周りに客が集まってきた。

早く解決してこの仕事をやめたい。

月は心から思ったのだった。


そのころ。

要は例繰方の松木と向かい合っていた。

昨日の件の書類を作るためである。

「あの山浦という旗本は明らかに奉行所を馬鹿にしていた」

要が仏頂面《ぶっちょうづら》で言う。

「そういう連中もいるさ」

松木がかすかに唇をゆがめた。

「武士と言っても俺たちのような下級武士とは世の中の見え方が違う」

「そうだな」

「それでも外歩きはいいさ。町人から付け届けもあるだろう。書類仕事なんて奉行所からたまに回る小遣いくらいしかないからな」

おや、と思う。松木が金のことを口にするのは珍しい。武士というのはあまり金の話をしない。恥ずかしいからだ。

にもかかわらず口から出るというのは、なにか金に窮しているのだろうか。

要は少し考えた。金に窮するというのは恐ろしい。真面目で優しい男を鬼に変える。同心としてさんざん見てきた。

仲間を疑うのはよくないが、松木に対する疑念は生まれてしまった。

疑念というのは理屈ではなくて感情である。一度芽生えたら解決しない限りは消えることはない。

人間は感情に支配される生き物だ。だから「生まれてしまった」らどうにもならない。要は松木を疑いの目で見ることになるだろう。

調べてみよう。

同僚まで疑うのはどうかとは思うが、どうしても気になった。

奉行にも伝えようと思う。

例繰方のことを奉行の耳に入れるのは大変だ。そもそも通常、例繰方を通して奉行と会話するものだからだ。

そう考えると松木が敵に回った場合、かなり厄介である。

しかしなんとかして奉行に話すしかないだろう。

要は奉行所を出ると、最初に斬られた清七の勤めていた山口屋に向かった。山口屋は女性と子供の薬を多く扱っている。

金が必要な理由の多くは病気の治療だ。自分の体なら無視できるが、女房子供の病気となると見過ごせないものだ。

「すまない」

要が店に入ると丁稚が飛んできた。

「なんでしょう。旦那」

「ちょいと訊きたいことがあるんだ」

「すぐに奥に」

店の奥に案内される。これは好意ではない。店先を同心がうろうろしていては商売にさわるからである。

　ただでさえ手代が斬られているのに同心にうろつかれて噂になりたくないのだろう。

　奥に入ると主人が平伏していた。

「山口屋彦兵衛《ひこべえ》にございます」

「あまりかしこまるな。なにか疑わしいわけではない。薬のことを訊きたいのだ」

　要が言うと山口屋はほっとした表情になった。

「奉行所の同心で、このあたりで高額な薬を買っている者はいないか。なにかこう、ずば抜けて高い薬を買っている同心だ」

「そこまで高いというわけではないですが、わたしどもの小粒丸を贔屓《ひいき》にされている同心の方はいらっしゃいます」

「誰だ」

「松木様という方ですね」

　やはりそうだった。ただ、たしかに小粒丸は高い薬ではない。

「小粒丸は高価ではないな」

　要が言うと、山口屋は首を横に振った。

「特別な薬もございます」

「それは？」

「真珠《しんじゅ》を混ぜ込んだ真珠小粒丸というものでして」

「いかほどだ」

「十日分で一両です」

すると月に三両ということになる。同心の俸給は年に十両。とても払えるような額ではない。その金を得るため松木が悪に手を染めた、ということはありそうだ。

「なにに効くのだ」

「滋養強壮です。御新造さんとお子様の体が弱いらしいです」

妻と子のために情報を売ったと見るべきだろう。あるいは吉蔵に弱みを握られたのかもしれない。

奉行所の動向は悪人なら金を払っても欲しいだろう。

松木の気持ちはわかる。

見逃してやりたいところだった。

「なかなか高いな。しかしその分効きそうだ」

「はい。買われた人には好評でございます」

「そういえば、肌にいい薬はあるか？」

要は話題をそらした。松木に妙な疑いがかかっても困るからだ。

「それはもう、大変よい薬がございます」

山口屋は手を叩いて薬を持って来させた。

「御新造さんにお使いですか？」

「そうだ」

山口屋は流れるように話しだして、薬の効用を説く。結局二分もする真肌膏《しんきこう》という薬を買わされてしまった。

松木もこの口上でやられたのではないかと思ったほどである。

山口屋を出ると要は思わず体を震わせた。

冬の寒さ以上に心が寒い。

松木は切腹になるだろう。

しかし長い付き合いだ。腹を切らせたくはなかった。まずは奉行、それから松木の順に話すべきだ。

同心が悪に手を染めるのは許されないことだが、長年真面目にやった功績でなんとかならないか。

そう思ったのである。

二日後。要は奉行を家に迎えていた。

しかし問題なのは月のほうだった。

「手料理を食べたい」

久通が言い出したのである。

手料理。たしかに久通は月の料理を食べたことはない。庶子であるため、そういう関係ではないのだ。

それだけにかえって期待していると言ってもいい。

最近飯は炊ける。それはなんとかなっている。しかし「美味しく炊けている」とは違う次元の話である。

魚はまだうまく焼けるとは言い難い。

久通は焼き魚が好きだから、なんとか出したいと思った。

娘なんだし、頑張ろう。

一応の決意はしたのだった。

しかし世の中は残酷だ。決意などはなんの役にも立たない。

料理を出し、久通の顔が一瞬引きつるのを月は見逃さなかった。

「月の料理は初めてだ。嬉しい」

焦げた鯛《たい》を前にして、久通は笑顔になった。

目の前には焼くのに失敗した鯛。沸騰して香りが飛んだ味噌汁。そして煮崩れた大根が並んでいた。

力を入れ過ぎてこうなったのがよくわかる料理である。

そして、娘を責めるつもりはない親心が久通からにじんでいた。

「なかなか美味しそうじゃないか」

言いながら大根に箸を伸ばす。

「最近歳をとって歯が弱いからな。このくらいの煮え具合が良い」

「お世辞はいいです」

悲しくなって父親を睨む。

「世辞ではない。まあ、多少失敗しているかもしれないが、娘の料理というだけで嬉しいものだ」

久通が真顔で言う。

「俺もこのくらいがいい」

要も言う。

二人揃って褒《ほ》めてくれるが、正直けなされるより恥ずかしい。

「それよりもお前も飲め」

久通が酒をすすめてきた。

「それはやめたほうが」

要が小声で言った。

この酒をどうしよう。月は考える。父の前で酒を飲んだことはない。しかしいまならいいのではないか。

「ではいただきます」

手を伸ばす。

そして目が覚めると朝になっていた。

父はもうおらず、要は隣で眠っている。

なにかがあったらしい。ただ不思議と気持ちがすっきりしていた。

時は少し戻る。

月が飲んだのは久通たちにとっては僥倖《ぎょうこう》であった。暴れるだけ暴れると眠ってしまったからである。

「娘が世話をかけるな」

久通がため息をつく。

「過ぎた妻です」

要が笑顔になった。これは本当である。多少料理は下手だが、要にはかけがえのない妻と言えた。

しかし今日の用事はそこではない。

「お呼びたてしたのは、松木殿のことなのです」

「なんだ？」

「奉行所で手に入れた話を悪人に売っているかもしれませぬ」

「どういうことだ？」

久通が居住まいを正す。

要は山口屋で聞いた薬の話を久通にする。

「たしかに松木の稼ぎでは無理やもしれぬな」

「どのようにいたしましょう」

「もしその事実があるなら、お家は断絶。本人は切腹だ」

同心の犯罪は即切腹である。そこに情はない。

「しかし長年の功績もありますゆえ」

要が言うと、久通も頷いた。

「例繰方を真面目にやるというのは大切だし、替えもききにくい」

奉行所は判例主義である。町奉行所ができてからいままでのすべての記録が残っている。例繰方は事件のたびに同じような判例の書類を調べるのだ。

例繰方が取り調べの中心と言ってもいい。

頭の中には判例が詰まっているから、新しく人を育てるのは大変であった。

「かといって見逃すわけにもいかない」

同心の腐敗は一大事である。

「いまならまだ改心という方法もあります」

「どうだろう」

久通は迷っているようだった。

今回の辻斬りが松木からの情報によるものなら、かなりの重罪である。

「松木と話してみるしかないな」

久通が言う。

「お奉行様から話されますか」

要があらためて訊いた。

もし久通に問いただされれば松木は絶望して腹を切るかもしれない。

「困った問題だ。なんとかしたいが、このままではまず間違いなく松木の命はないと思うがよい」

「わかっております。しかし拙者《せっしゃ》にはまだ目算があります」

「どういうことだ？」

「犯人を捕まえるためにあえて情報を流したというのはどうでしょうか。まだ我々に伝えておらぬということです。吉蔵らが斬られたのは単なる失敗と」

連絡の不行き届きだけということだ。

「無理があるが、そういうこともありえるな」

同心も手柄は立てたい。だから手柄の一人占めは十分考えられるのだ。手柄を立てれば褒賞《ほうしょう》が出る。褒賞目当ての先走りであるなら、罪には問われないかもしれない。

「やってみます」

「それと、あの辻斬りはどうなのだ。自信ありげに去ったとのことだが」

「無礼討ちですますつもりらしいです」

「昔の習慣を持ち出しおって」

久通が苦虫を嚙み潰したような顔になった。

無礼討ちは三代将軍家光のころまでの習慣だ。いまの将軍の治世ではまったく現実的ではない。武士であれ人殺しには違いないからだ。

「ただし老中の裁可になるからな。そこに自信があるのだろう」

「松木が辻斬りに手を貸していないといいのですが」

言いながら、要はあらためてため息をついたのであった。


こうして夜は更け。

要は久通を送り出したあとで眠った。

そして朝になり、月が目覚めたのである。


どうしよう、と思う。

父親の前で、どんな姿をさらしてしまったのだろう。だらしない娘だと呆れられたかもしれない。

いいや、それよりも要だ。昨日なにがあったのか知らないが、嫌われたのではないか。

　そもそも料理は失敗だった。

　気になって台所に行くと、作ったものはすべて食べられていた。あの失敗した料理をどう思われたのだろう。

　朝食はちゃんと作ろう。そう思ってまず家の外に出る。

　庭に出ると長屋のおかみさんたちが筍を掘っている。

「おはようございます」

　梅が声をかけてきた。

「梅さん、おはようございます」

「麦湯評判ですよ」

　梅が嬉しそうに言う。

「わたしたちも鼻が高いです」

「ありがとうございます。ところでどこで評判を聞かれたのですか」

「麦湯売り一覧に出ていましたよ」

　どうやら評判の麦湯売りを番付《ばんづけ》にして売っているらしい。

　なんでも番付にするのか、と感心する。

「それはそれとして、今日の筍です」

梅が米ぬかと一緒に渡してくれる。

「ありがとうございます」

受け取りながら、ふと気になった。

「辻斬りの話は出ていますか？」

「ああ、出てますよ、もちろん」

梅が興味津々という様子を見せる。

「どこかの旗本の仕業だろう。悪い奴がいるね」

細かいことはわかっていないようだった。

それにしてもなぜ辻斬りをしたのか。これが月にはわからない。昨日訊きたかったのだが、その前に眠ってしまったからだ。

家に戻ってとにかく筍を茹でた。朝はこれと漬物にしよう。昨日久通が卵を置いていってくれたから、卵もつける。

卵は軽くお湯で茹でるだけでいい。少し固まったところを割って、飯にかける。葱《ねぎ》をたっぷり刻んで卵の上に載せ、醬油をたらした。

これだけで充分な朝食だ。

そもそも「焼く」というのがいけない。焼くのは失敗しやすい。なんでも茹でてしまえば失敗はないのである。

「おはよう」

要が起きてきたところで朝食を出す。

「明日にでも、義父上が奉行所に来てくれとおっしゃっていたぞ」

「はい」

なにか叱《しか》られるのだろうか。気持ちが重くなる。

「それから」

要が言葉を続けた。

「離縁はいやです」

「そんなことは誰も言わない」

要が苦笑した。

「魚が焦げたくらいで離縁する夫などいるものか」

「すいません」

つい離縁と思ってしまうのは自信がないからだ。

「いいか。月は離縁されない。それは覚えておけ」

「なぜですか？」

「好いておるからだ」

要は怒ったように言うと立ち上がった。

「この話はしまいだ」

そしてさっさと出掛けてしまう。

照れている感じである。

少し言い過ぎたか、と思う。わかってはいるのだが、どうしても要の気持ちをたしかめたくなってしまうのである。

翌日の朝、要とは時間をずらして父親のところに行くことにした。

一緒に奉行所に行くのは人目が気になる。

奉行所に着くと、久通は自分の部屋にいた。町奉行は基本自分の部屋にいる。生活のほぼすべてが奉行所の役宅である。

一応勤める時間は定められているが、守られることはない。朝でも夜中でも必要があれば仕事をする。

働きすぎで死んでしまって次の奉行、というのも珍しくはない。

月が顔を出すと、久通は人払いをした上で襖《ふすま》を開けた。

立ち聞きされないための工夫である。つまり人に聞かれたくない話をするということだ。

久通は少し黙り込んだ後で口を開いた。

「人を殺してほしい」

「報酬は」

月は答える。たとえ父親の命《めい》でもただ働きはしない。

「五両。相手は松木正二郎《しょうじろう》。例繰方の松木の弟よ。正式に捕まえると面倒だ。病死してもらうしかないだろう」

どうやら松木の弟が今回の事件の原因らしい。

「もう犯人がわかったのですか」

月は思わず訊いた。いくらなんでも早いのではないだろうか。

「柳生の密偵らに急ぎ当たらせたのだ。一昨日、花川戸から松木の名を聞いたからな。それさえわかっていれば、調べるのはそれほど難しいことではない」

久通が真顔で言う。

たしかに彼らならば可能といえた。

「辻斬りの男はどうしますか」

「それは別の依頼だ。まず松木を殺してほしい」

久通の声は低い。相対している月以外にはまず聞こえないだろう。

「かしこまりました」

「くろもじ屋に委細《いさい》を伝えておく」

月は頷いた。

「ところで月」

不意に声が普通に戻った。

「はい」

「魚を焼く修業はしたほうがいい」

少し気まずい感じである。父親の顔をしていた。

「火加減が難しいのです」

「なにごとも修業だ。夫がかわいそうではないか」

「わかっています。努力していないわけではありません」

「そうか」

久通は頷いて茶をすすった。

「あまり愛想を尽かされないようにな」

聞きたくないことをちくりと言われ、月は解放された。

魚を焼くのはそう簡単ではないのです、と心の中で答える。


そして三日が経った。


くろもじ屋の奥で、月は菊左衛門と相対していた。

菊左衛門が紙束を出す。松木正二郎のことを記した書付だろう。

「なかなかの男ですな。これは」

ため息をつく。相当悪い男らしい。

「兄が真面目な部分をなにもかも持って生まれたのでしょう」

と言っても環境もある。長男と次男ではまったく別の扱いなのだ。武士は長男以外は金もなにも与えられない、持たされない。学問にはげむか悪い道に染まるかくらいしかないのだ。

武士の次男に対して、救いの道はないと言えた。

幕府としては考えたくもないのだろう。誰かの弟に生まれるということは人生が終わったのと同じだ。生まれながらにして終わっている。

これはかなり厳しいことである。

松木正二郎は人生を摑もうとして金儲けに走ったというところか。金は公平なものだ。金で人生を買おうとしたのだろう。

「わたくしを襲ったのも松木の仕業ですか」

「おそらくは」

「吉蔵を斬ったのもですか」

「そちらは間違いありません。吉蔵にゆすられていたようですね」

同心の弟が悪事となると、かっこうのネタだ。さぞかし高圧的にゆすったのだろう。その結果として斬られた。

「松木は殺し屋を飼っているのですか？」

「いや。口入れ屋がいるのです」

菊左衛門が厳しい声を出した。

「わたくしどもが月様にお願いするように、人を斬る口入れ屋がいるのです」

「でもそんなに人斬りが出ては目立つでしょう」

江戸で死体はありふれているが、斬られていれば目立つ。

「役人を手なずけているのでしょうな」

「同心も綺麗《きれい》ではないということですね」

月が言うと、菊左衛門は楽し気に笑った。

「そんなことがあるなら殺し屋はいりませんよ」

「そうですね」

殺しというのは淡白なものだ。殺すこと自体はすぐ終わる。調べるのに時間がかかるだけだ。

松木正二郎は兄の家の庭に別邸を建てて住んでいる。同心は給金は安いが土地は拝領できるので、住むには困らない。

そこで一人暮らしをしているようだ。

「妻はいるのですか」

「同心の次男に嫁に来る女はいません」

菊左衛門はきっぱりと言った。

「結婚は感情でするものではないですから」

言ってから菊左衛門は慌てた様子を見せた。

「愛情は結婚してからです」

「わかっています。でも同心の屋敷ということは八丁堀ですか？」

「はい。月様のお屋敷から歩いてすぐですね」

「それはかえって厄介ですね」

近所で人に見られることもあるかもしれない。

なにより要が通りがかると面倒だ。とすると、要が家に帰ったあとで少し抜け出して殺すということになる。

月がいないことに気がつかれたら終わりだ。

要は寝る前に風呂に入ることが多い。すごく長湯でもないが短いほうでもない。要を風呂に入れてからすぐ殺しに行って帰ってくるしかないだろう。

近所で納豆を買うよりもあわただしい。

「なんとかしましょう」

それから二日経って。

要が疲れたような顔で帰ってきた。

「お疲れ様です」

声をかけると元気なく頷いた。

「飯より先に風呂がいい」

「はい」

こういうときはいつもよりも風呂が長い。

要を風呂に入れるとすぐに家を出た。時間はない。

松木の屋敷の塀《へい》にはしごをたてかけ、さっと登る。当然門から入るわけにはいかないからだ。はしごはちゃんと回収して庭に落とす。

同心の家はたいてい明かりを節約しているから暗い。見られる心配はあまりなかった。

庭にある松木正二郎の家は、人の気配はあるが一人だけのようだった。

戸をあけて中に入る。

「すいません」

声をかけると正二郎は警戒もせずに出てきた。月を見て驚いたような顔になる。

「誰だ？」

会ったことはない。だからよくわからないだろう。

「さようなら」

喉元《のどもと》に簪《かんざし》を突き込むとあっさりと死んだ。ここは急所だから助かることはない。

慌てて外に出る。

塀を乗り越えて家に戻ると、まだ要は風呂に入っていた。

急いでつまみの準備をする。

「そろそろ出るぞ」

要ののんびりした声がした。

「はーい」

返事をしながら胸をなでおろす。

殺しよりも疲れる、と思いながら。

月は茹でた筍を切る。

父には悪いが、やっぱりなんでも茹でるのが一番。

そんなことを思いながら、いそいそと料理の準備をしたのである。

松木正二郎が病死したという届けがあったのはその翌日であった。

食事が済み、要は、なにやら考え込んでいる様子で茶を飲んでいた。

もともと饒舌《じょうぜつ》なほうではないが、食後に考え込むのは珍しい。要は判断が早い。だから黙って考える時間は少ないのである。

声をかけたものか迷ったが、かけることにした。

「なにかお悩みですか」

「うむ。殺された松木殿の弟のことだ」

要が月に目をやる。

「悪い人だったみたいですね」

あたりさわりなく答える。

「悪い人、ではあったろうな」

要が奥歯にものの挟まったような言い方をした。

「違うのですか？」

月がかさねて訊く。悪人ではあっただろう。松木の弟のせいでさらに人が殺されるところだったのである。

「違わない。しかし誰が殺したのかは気になるな」

要が苦笑した。

「あんなに都合よく殺せるのは誰だろう。案外近所に殺し屋が住んでいるのやもしれないな」

「そのようなことはないでしょう」

月は思わず語気を強めた。もしかして自分が疑われているのでは、と思うと気が気ではない。

「自ら殺し屋だと喧伝《けんでん》する人間はおるまい。ひっそりと誰にも知られぬように生きているのが殺し屋よ。案外女かもしれないぞ」

冗談めかして要が言った。

「女に人が殺せるのでしょうか」

「あの殺し屋は針のようなものを使っている。あるいは簪やもしれぬ。そう考えるなら女であってもおかしくない」

「たしかにそうですね」

やはり疑われているのだろうか。気になる。

「楓あたりが殺し屋と言われたら驚いてしまうな」

「楓さんですか？」

月が訊き返すと、要が笑った。

「意外という意味ではそうだな。あんなに顔の売れている麦湯売りが殺し屋とは思わないからな」

どうやら月を疑っているわけではないようだ。しかし話をうまく流せない。

「要さんは殺し屋をどう思っているのですか？」

「そうだな。けしからん、とは思っていない」

要がはっきりと言う。

「殺し屋にもよるがな。奉行所では手の届かない連中もいる。もちろん金のために誰でも殺すのはよくないが」

それからため息をつく。

「奉行所にはできないことが多いからな」

「要さんは奉行所に不満があるのですか？」

「ある。仕方がないことだが」

要は腕組みをした。

「武士の犯罪には無力だ。火盗改めがいるにはいるが、あれは捕まえることができるだけで裁けない。上での揉み消しは簡単だ」

それから改めて言う。

「悪事をした者が得をする世の中であってはならない。殺し屋がいいとは言えないが、きっと必要なんだと思う」

要は殺し屋には寛容である。そこはいい材料なのだが、月は殺し屋として付き合っているわけではない。

もう少し大切なことを訊かないといけない。

「あの」

少々口ごもる。

「なんだ」

「魚の焦げる女は本当に大丈夫なのですか」

真顔で訊くと、要は笑い出した。

「おかしいですか？」

「うむ。俺も悪いかもしれぬな」

そう言って要も真顔になる。

「魚を焼くのが下手だ、などという言葉は十万の日が経っても覚えているものだ。しかしお前が好きだ、という言葉は明日には薄らいでしまう」

要は言葉を切った。

「だから毎日言わないといけないのだ。好きだという言葉は」

そして要は頭を下げた。

「怠った俺の落ち度だ。すまない」

「謝ることではないでしょう」

どこの世界に、毎日好きだと言わなかったと謝る夫がいるのだろう。

「わたくしこそ、家事は苦手ですし」

「そのくらいよいではないか」

「悋気も強いですし」

「可愛いものだ」

「妻として優れたところがありません」

自分で言っていて駄目さに呆れてしまう。

「いや。そんなことはないぞ」

「では、どんなところが良いと」

「まず、肝《きも》が据わっている」

意外なことを言われた。

「肝とはどういうことですか？」

「たとえば、同僚の弟が殺されたと聞けば、並みの女なら気持ちが動転してしまうものだ。月にはそういうことがない」

自分で殺したのだからそれはそうだろう。

「肝だけですか？」

要は少し考える。考え込まないと出てこないほど長所がないということか。

「思うんだがな」

要が言う。何を言われるのかと身構えた。

「家事などというのはあまり大したことではないと思うのだ。二人で笑って過ごせて、たまには手でもつないで散歩ができる。それが大切だろう。家事ができても、会話もない冷えた夫婦もあるではないか。月が俺を見て笑ってくれる。これが一番大切だ」

そう言われるとうまくやれている気がする。

「わたくし、恋をしたことがなかったのです。だから自信がなくて」

「それはお互い様ではないか」

「要さんはわたくしの前にもいい人がいたのでしょう」

「ないない」

要が右手を横に振った。

「同心に恋人はできない」

きっぱりと言い切る。

「そうだな」

「モテるのではないですか？」

月が言うと、要は苦笑した。

「いいか。同心というのは大体十一歳で見習いになる。これは無給だ。十三歳から給金は出るが雀《すずめ》の涙ほどだ。よければ二十歳くらいで同心になるが、中には四十歳でも見習いのままの者もいる。要するに金はない。そして暇もない。見合い以外で女と知り合う機会などまるでない。だから俺が心からの言葉を交わしたのは月だけだ」

「ではお互い初心者なのですね」

「そうだ。俺も色ごとに関しては初心者だ」

要に言われてなんとなく嬉しい。

初心者同士で過ごすのもいいではないか。

「だから手をつないで、お互い歳をかさねていこう」

「はい」

要が右手を差し出してきた。

その手を握る。

「手を握るのは大切なことだ」

要は言う。

「はい」

返事をしながらふと気になった。

血の匂いは染みついていないだろうか。

だが杞憂《きゆう》なようだ。

そして同時に思う。

家事はできなくても、多少は要の役に立っている。それは多分他の同心の妻にはできないことだから。

殺し屋でよかった、と、心から思ったのだった。

第二話　旗本と人殺し

よく焼こうとすると焦げる。かと言って焦げないようにすると生焼けだ。それを全部解決するには茹でるのがよい。

しかし魚などは焼くのに比べて格段に味が落ちる。

おかみさんたちに習ってうまく焼ける日があっても、翌日にはもう駄目になる。これはもはや才能というものがないとしか言いようがなかった。

でも今日はうまく焼かねばならない。

例繰方の松木正一が食事に来るからだ。

弟が死んでから、要と松木は不思議と仲がいい。松木は弟が死んだことをどうとらえているのか、月にはまったくわからなかった。

月にも兄弟姉妹はいるが会ったことはない。要は小さいころに弟が病で死んでしまったそうだ。

だから兄弟という感覚は月にはない。

そして、不思議なことに要が行くのではなくて松木のほうがやってくる。月の料理の腕が上がるわけではないから申し訳ないのだが、松木は月の料理が気に入っているらしい。

お世辞とも思えないのでなんだか据わりが悪かった。

松木の要望で焼き魚に焼き豆腐、そして焼いた筍と焼きものづくしである。茹でればなんとかなるところだが、それは許されない。

「うまくできなくてすいません」

言いながら出す。魚は焦げている。豆腐はまあ、多少火が通っていなくても問題はない。筍も同じである。

火の通り方にムラがあるのはご愛敬だろう。

梅が用意してくれた大根の短冊切りと梅干しはきちんとできていた。

「ありがとうございます」

松木が頭を下げる。

それからあらためて要に深々と礼をした。

「弟の件では世話になった」

そう言うのを聞いて月はどきりとする。

月が殺したのはばれていないと思う。

松木は弟が死んだことには触れずに続けた。

「当然俺も切腹になるべきところ、お奉行が揉み消してくれた。本来は許されない罪だが、功績により不問にすると」

久通は柳生の人間である。もともと暗殺を担当する家柄なので、悪を揉み消すことに関しては抵抗がない。

松木を見逃したほうが江戸のためになるというところだろう。

「俺に礼を言っても仕方ない。それよりも例の件だ」

要が厳しい表情を見せた。

「ああ。人斬りの口入れ屋か」

「そうだ」

「なかなか尻尾《しっぽ》を掴ませないようだな。こちらにも報告はない」

松木は捜査はしないが、奉行所の情報はすべて入ってくる。書類を通しての情報通というわけだ。

「しかし人斬りの口入れ屋など、成立するのかな」

要が腕を組んだ。

「どういうことだ？」

「そんなことをやっても儲からないということさ」

要が言う。

たしかにそうだ。口入れ屋の儲けは手数料である。多少高額でも件数が少なければ儲けは出ない。

くろもじ屋にしても儲けはほぼない。江戸のためにやっているだけだ。儲けのために殺し、というのは割に合わない。

「儲け以外の目的というとなんだろう」

「人殺しが好きなのやもしれぬ」

松木が真面目に言う。

「あれは病みつきになるそうだからな」

殺し屋は殺しが好きなわけではない。反論したかったがそんなわけにもいかないし、人殺しが好きな人間はいるだろう。

月を襲った武士も、あきらかに人を斬るのが好きそうだった。

「そう言えばわたくしを襲った武士はどうなりましたか」

思わず訊く。

「どうにもならない。そのような武士はいなかった、で終わりだ」

「いなかった？」

「そうだ。該当する武士はいない。だから捜査もできない。身柄を押さえなかったこちらの落ち度ということだな」

ものすごく簡単に隠蔽できるものだ。いくらなんでもおかしいだろう。揉み消したのは老中だろうか。だとするとかなりの額の金が流れていることになる。

月の所に依頼が来そうだった。だがあの男は強い。返り討ちにあう危険もあった。

「隠密廻りゆえな。そういうものを調べるのが仕事だ」

「しかし手は出せぬぞ。相手は間違いなく武家だろうからな」

「犯人さえわかればなんとでもなる」

要には自信があるようだった。

しかし網の目をかいくぐるのが得意な相手だけに心配だ。月のほうもしっかりと準備をしておきたいと思った。

「それにしてもどうやって殺しの依頼をするのか。それがわからぬな」

要が言うと、松木が頷いた。

「どこかにつなぎを取る者がいるのだろう」

そう言われて、月ははっとする。

「花房町に吉蔵が使っている蕎麦屋がありました。あそこに誰か来るのかもしれません」

「そうだな。殺されたとはいえ、吉蔵がつなぎを取っていたのかもしれぬ」

要に松木も同意する。

「岡っ引きがつなぎ、というのは十分ありそうだな」

「江戸の正義を守る仕事のはずなのに」

月は思わず呟いた。

「岡っ引きには彼らの正義があるからな」

「人が苦しんでもですか？」

「そうだな」

要はどう説明しようか一瞬考えたようだった。

「岡っ引き同士はなかなか連携はしない。たいていの岡っ引きは一家をかまえているやくざがなるものだ。だから自分の一家の繁栄が大切なのである」

「そうなのですか？」

「周りに人がいなければ悪も働けぬよ。盗賊にしても親分はたいてい魅力的なものだ」

たしかにそうだ。人を集めるには魅力が必要である。口入れ屋が魅力的かどうかは知らないが、そこにはまとめ役になる誰かがいるのだろう。

「口入れ屋に充分な金を渡している人がいるのかもしれませんね」

月が口にすると、二人は納得した表情になった。

「なるほど。金主か」

要が大きく首を縦に振る。

「しかし誰が」

「田沼《たぬま》殿の眷属《けんぞく》やもしれぬな」

要が渋い顔をした。

「なんのためにですか」

月はつい口を出した。

田沼意次《おきつぐ》は悪の化身のように言われているが、実際はそんなことはない。田沼のかわりに政権を引き継いだ松平定信《まつだいらさだのぶ》は賄賂《わいろ》を取らぬ、と言われている。

しかし変わったのはそのくらいで政策は田沼の路線をほぼ引き継いでいる。江戸に金が回らなくなって庶民が苦しくなったくらいか。

田沼はしっかりしているが厳しい男ではない。だから田沼の眷属が人斬りの集団になるとは考えにくかった。

「田沼様は寛容だったと聞いていますよ」

月が言うと松木はそうだな、という表情になった。

「たしかにそれはそぐわない。むしろ」

一度言葉を切った。

「白河殿《しらかわ》のほうがしっくりくるな」

白河殿というのは松平定信の隠語である。その松平が、田沼に縁がある者を人知れず斬る集団を作っているほうが納得がいく。

しかし政権につく者が人斬りの集団を雇うだろうか。

「白河殿はなにも知らぬだろう。しかし知らぬまま、白河殿がやらせている可能性はある」

要が静かに言った。

「目で走るというやつだな」

「どういう意味ですか？」

つい細かく訊いてしまう。

「任侠《にんきょう》の言葉ですよ。親分の目を見て気持ちを汲んで走る。命令されてから動く子分は駄目なんです。親分はなにも知らなくていい」

なるほどと思う。命令も依頼もない、先回りして動くということか。しかし他のことはともかく、誰を斬るのかを命じている人間はいるだろう。

「悪い人たち、ということになるのでしょうか」

「そうだな。我々から見ればだがな」

要が言う。

「彼らには彼らの理屈があろう。人殺しが悪いというのはいまの理屈にすぎないからな」

松木も同意する。

「法を守る我々が言うのもなんだが、決まり事などは紙屑《かみくず》のようなものよ。破る気になったらそれで終わりだ。犯罪を抑えるのは最後は力でしかない」

「力ですか」

「そうだ。御上というのはもっとも強力な暴力を持っているということさ」

要は大きく息をついた。

「人間はしょせん、けだものだからな」

そう言って酒をあおった。

「この焼き豆腐は美味い」

「そうだな。味噌の焦げ具合がいい」

松木が褒めているのかけなしているのかわからないことを言う。

礼を言ったものか迷う言葉だ。しかし二人とも酒がはずんでいるから、悪くはないのだろう。

「しかしどうしたものかな。松木殿」

要が言う。

「そうだな。まずは御新造さんが言う蕎麦屋を当たるのがいいだろう」

松木が言う。

「うむ。月と二人で行ってみる」

ここが隠密廻りのいいところだ。定廻りなどであれば、常に小者を連れて歩くためひっそりとはやりにくい。

隠密廻りはその点自由が利くし町人にも変装できるから、夫婦で蕎麦屋、ということも可能なのである。

任務にかこつけた逢引きが多いので、月としては言うことはない。定廻りに嫁がなくてよかったと思う。

松木が心配そうな顔になる。

「気をつけてくださいよ。相手は人殺しも平気だ。うちの弟も」

松木が沈んだ声を出した。

「弟御は大変なことに……」

「犯人の見当もつかないのだ。疑う相手が多すぎて」

松木の弟は「悪の小間物屋」と言いたくなるほど多岐に亘って悪事を働いていた。久通が揉み消すのにかなり苦労している。

しかしさすがに松木の弟で、悪事を詳細に記録していたらしい。

それをもとに、いま奉行所は大忙しである。

唯一の救いだろうか。

「生きていてほしかったが、悪の手がかりを残してくれたことには感謝している。こうやって月殿の料理で偲《しの》べますしね」

「わたくしの料理ですか？」

思わず訊き返す。話がつながらない。月が弟を殺したことを疑っている様子でもなかった。

「魚の焼け具合といい、汁ものの風味の飛び具合といい、弟の料理そっくりです」

「それは下手、でよろしいですか？」

思わず顔が引きつった。

松木がばつの悪そうな表情になる。

「いえ。下手では。個性的というところで」

月から殺意が立ち昇ったらしい。

松木が帰る気配を見せた。

「いや、まだ話があるだろう」

要が止める。

「あとはやるから今日は寝ていいぞ」

要が月に弱々しい笑顔を向けた。

「平気です。料理が下手なのはわたくしが悪いのです。受け止めます」

松木に笑顔を向ける。

「存分に弟さんを偲んでください」

「いや。失言でした」

松木が慌てる。

それにしても月の料理が気に入っているというのは、下手なところがよかったのか。では上達したらもう来ないということか。

「落ち着け、月。なんだか怖いぞ」

「平気ですよ」

料理の否定は妻にとってはかなりつらい。しかし松木に悪意はないだろう。自分の料理が下手なのが悪いだけだ。

もう少し真面目に上達しなければ。

そう思って気を静める。中座して話が聞けないのは問題がある。

「本当に大丈夫です」

心が落ち着いた。もともと要のことがなければ心が乱れることはない。要以外の人間にどう思われるかはどうでもいい。

要の前で言われたから腹立たしいのだ。

「お水を持ってまいりますね」

酒ばかり飲んでいると体に悪いから、水を取りにいく。

それにしても魚の焦げ具合とは。料理が下手な人間には共通点があるらしい。

二人の会話の様子からすると、人斬りの口入れ屋の見当はつかないようだ。くろもじ屋が前に口にしていたが、彼は知っているのだろうか。

水を運んでいくと、二人は真面目に話している。

要の横顔は素敵だと思う。他の人間に言わせると「そう思うのは月だけ」らしいのだが、どう見ても格好いい。

見とれていても仕方がないので席に戻る。

そこではいかにも男の会話がなされていた。

「人を助けるか殺す仕事の人間は女が好きと相場が決まっている」

松木が語る。

「うむ。医者の女好きもよく言われるな」

「だから人殺しのところには女がかわるがわる行っているはずだ」

「馴染みが行くのではないのですか?」

月が思わず口にする。どうせなら同じ相手を抱いたほうがいいのではないかと思う。

「同じ女だと飽きるという連中が多いんですよ。いつも違う女を相手にしていたいのです。まあ、男は誰でもそういうところはありますがね」

松木は肩をすくめた。

「男という病気ですな」

「その病気は要さんもかかっているのですか？」

「それはどうでしょうね」

松木が笑う。

「いや。俺はかかってない」

要が青い顔で否定した。

「女を替えたいのですね」

月が要に念を押すと、松木はなにかに気がついたらしい。

「いや。花川戸殿は愛妻家で有名ですからな。そんなことはないです」

月は要に視線を移す。

「ないない。俺はない」

顔を見るかぎり嘘はないらしい。

「なぜ女を替えたいんでしょう。長くつきあっているほうが、より好きになるのではないのですか」

月が言うと、要は少し考える。失言を防ぐためというよりも、うまい説明を考えているようだった。

「そうだな。愛している女を相手にするならそうだ。でも明日忘れてしまう女なら替えたほうがいいかもしれないな。これは男女の違いと言えるだろう」

それから少し困った顔になる。

「これを月に語るのは少しつらいな」

「そうですね」

ここはわかりあえないところだろう。

「余計なことでした」

そう詫《わ》びてから考える。

でもそうだとすると、足のつかない女を集めるのではないだろうか。まさか吉原《よしわら》には行かないだろうから、岡場所だろう。

しかし常連がついている女はあまり信じられない。

「夜鷹《よたか》を集めるのでしょうか」

「夜鷹は駄目だな」

要が言う。

「口の軽い女はいかん。もっと身持ちの堅い……そうだな。それこそ浪人の妻が夫に内緒で、というようなのがいい」

そこまで言ってから要はなにか思いついたようだった。

「吉蔵は月に男の相手をさせようとしていたのか？」

「どうだったのでしょう。でもわたくしが見た死体に武士はいませんでした。商人ですよ」

一応死体の手は確かめてある。

武士には武士の手というものがある。商人にもだ。月が触った感じでは全員が商人であった。

彼らは手が柔らかい。死んだあとの硬直を考えても武士とは違うのだ。

「どうして商人だと思いましたか？」

松木が訊いてくる。

「格好が商人でしたし」

まさか触って確かめたとも言えない。

「どうにもわからないな」

要が顎を撫でた。

「とにかく蕎麦屋に行ってみよう」

それから月をまっすぐ見る。

「俺の仕事につきあわせてすまない」

「気にしなくていいですよ。むしろ嬉しいです」

「そう言ってくれると俺も嬉しい」

「恋人みたいで楽しいですから」

月はいきなり結婚したため、結婚にいたるまでのときめきを味わっていない。それが少し不満なので逢引きは嬉しいのだ。

「わかった。では明日にでも行こう」

これは早いほうがいい。相手がなにかを察して逃げてしまうこともあるからだ。

「では奉行所には言っておこう」

松木が請け負ってくれる。

「頼む」

要が頭を下げた。

「月は早く眠るといい」

言われるまま、床につくことにする。眠りが足りないといいことはないからだ。

そして翌日。

月は要と花房町に出向いたのであった。

「店の名前はなんだった」

要に問われて思い出そうとするが浮かばない。そう言えば店の看板は出ていなかったような気がする。

「看板がなかったと思います」

「隠れ家店か」

江戸にはわざと看板を出さない店もある。店のすみにこっそり名前を書いてあるくらいで、普通に見ても店名がわからない。

知る人ぞ知る名店というのが粋《いき》なのである。美味しくないとそのまま消えてしまうが、美味しいとなるとかなり評判を呼ぶ。

店の場所に行くと、やはり看板はなくひっそりとした雰囲気である。

戸を開けて中に入る。

「開いているか」

声をかけると中から小僧が出てきた。

「はい。やっております」

要が言う。小僧は月のほうを見ると、怯《おび》えた目になった。まるで死人を見るようである。

月が生きているはずがないという目だった。

つまり吉蔵とこの店に来たときに、月が死ぬという予感を持っていたということで
はないか。

奥の部屋に通される。月はすかさず声をかけた。

「前にお会いしましたよね」

声をかけると、小僧は体を震わせて首を横に振った。

「覚えておりません。すいません」

そう言うと逃げるように去っていく。

「なにか知っているのは間違いないですね」

月が言うと、要はにやりとした。

「ここはまっすぐ行こう」

「まっすぐ?」

小僧が献立を運んできた。要は小僧の前に十手を突き出す。

「二人だ」

「ここは吉蔵が贔屓にしていたそうだな？」

十手を見て、小僧は顔色が変わった。と言ってもこの小僧が深いことを知っているわけではないだろう。

「はい、そうでございます」

「吉蔵が殺されたことについて話が訊きたい」

「大したことは知りません」

「なに。罪に問おうというのではない。蕎麦を食べながら少し話を訊くだけだ。いいな」

「かしこまりました」

小僧はすっかり小さくなる。

蕎麦は食べるのか、と月は細かいところが気になった。

要はかけ蕎麦を、月は山かけ蕎麦を頼んだ。

蕎麦を持ってくると小僧は一緒に席につく。

「吉蔵はここにどんな客と来ていたんだ」

要がやさしく問いただした。

「商人とお武家さんを一緒に連れて来ていました」

「商人は誰だ？」

「名前は知りませんが。薬種問屋です」

やはり清七か、と思う。

「どんな薬を扱っていたのですか？」

「薬ではなくて牛肉です」

「肉？」

「はい」

小僧は震える声で言った。

「なぜ牛肉を？」

肉は肉屋で買うものだが、牛肉と豚肉は薬種問屋の扱いである。肉と言えば猪に鹿、狼、熊や狐というのが普通だ。

牛肉は味噌漬けにして薬として食べる。「薬食い」と呼ばれていた。一番は弱った体に力を与えることだ。

子供が虚弱な場合などに使う。しかし薬種問屋で扱うだけあって高い。猪の何倍もする。定期的に買うのはかなり負担だろう。

やはり金か。牛肉を求める武士を雇って、人を斬らせたのだろうか。

「人殺しの手伝いをさせていたのか」

要が脅すように言う。

「殺しはやってないと思います。なにかと問題が出ますので」

「じゃあなにをやってたんだ」

「わかりません。殺しなのでしょうか……」

小僧の言うことは要領を得ない。なにも知らないというよりも罪に問われるのを警戒しているようだ。

「お前を罪に問うようなことはしないから話せ」

要にそう言われてやっと小僧は口を割った。

吉蔵は、浪人の妻を商人や旗本に差し出す仕事をしていたようだ。浪人は生活が苦しい。町人よりもさらに苦しいことが多い。

だから家計を支えるために体を売る女は少なくない。ただ元は武家であるため、夫には内緒にしたいものである。

そこで架空の仕事を作って偽装していたようだ。

「薬食いの会の女給という名目でやっていたのです」

そこに人斬りもいたのだろうか。

吉蔵と清七が死んでいるのでわからない。

「誰か生きている人はいないのですか」

「わかりません」

「それともう一つ。どうしてわたくしを見て怯えたのですか。わたくしがもう死んでいると思ったのでしょう」

「すいません」

小僧が頭を下げる。

「まだなにか知っていることがありそうですね」

「とても美人なので」

小僧の言葉はつながらない。

「美人だからなんなのですか」

「美人をなぶり殺しにしたい人がいるのです」

なるほど。

女全員ではなく、殺す枠というのがあるらしい。

「わたくしは殺される予定だったのですね。その人はまだ生きているのですか？」

「はい。でもしゃべったことがわかると殺されます」

小僧はすっかり怯えている。

「誰か斬られたの？」

「はい。余計なことを言った小僧が」

人を斬るのにためらいがない男がいるようだ。

月に斬りかかった旗本、山浦がそれだろう。

たしかにあの時、「女を斬りたい」と言っていた。

「美人を殺したいというのは一人だけですか？」

「それは一人です」

「それは、ということは他にも人を斬る人間がいるの？」

「何人いるかは知りませんが、いるようです」

「どんな集まりなのかしら」

「旗本の次男三男らしく」

「そいつはたちが悪いな」

要はため息をついた。

たしかにそうだ。旗本といっても裕福なのは一握りで、あとは貧乏である。しかし武家だから普通の仕事はできない。

つまり浪人よりも金がない。

そのうえで矜持はある。

結果として悪に染まるというわけだ。

そして町奉行所の手が出せないことを利用している。

「火盗改めは動かないのでしょうか」

「火盗改めも忙しいからな。なかなか難しいだろう」

要は小僧を見た。

「なんとか一味の誰かをおびき出せないのか」

「やってみますが、囮が必要です」

「誰が必要なの」

「月さんです」

小僧は月の名前を口にした。

「どうして名前を知っているの？」

月は驚いて訊いた。

「秋葉ケ原の月さんと言えば知らない者はいないですよ。病弱な夫を支えるために麦湯を売っているんでしょう？」

たしかにそういう触れ込みにしていたが。蕎麦屋の小僧にまで知られるほど有名になっているのか。

「わたくしは目立っていたのでしょうか」

小僧の顔がぱっと輝いた。

「それはもう。なのに最近見ないからてっきり斬られたと思っていたんです」

だからあんな顔をしていたのだ。

「どこが目立っていたのかしら」

「美人で品がいいからです。他の麦湯売りの女と違って高嶺《たかね》の花という風情があります」

小僧に持ち上げられてかなり嬉しい。

「では囮は引き受けましょう」

そう言って月はつい気持ちよくなってしまったのだった。


それから一刻ほどして。

月は悄然《しょうぜん》として茶を飲んでいた。

目の前には龍也がいる。かなり怒った顔をしていた。

「馬鹿なのかい。あんたは」

呆れたように言う。

「すいません」

月は頭を下げる。

囮になるということは要が助けに来るということだ。つまり、月は殺しをしてはいけないことになる。

相手を殺してしまったら、殺し屋なのがばれないにしても、簡単に人を殺せるということはわかってしまう。

「殺し屋なのは内緒なんだろう」

「そうです」

「それなのになんで要様の目の前で人殺しの技を使おうとするんだい」

「考えていませんでした」

つい嬉しくなって囮を引き受けたのだが、困ったことになった。

「殺しの技を封じて切り抜けるんだね」

龍也に言われてため息をつく。

月から殺しを取ったらなにも残らない。

「殺し以外となると、わたくしは……」

「飯のまずい女」

龍也はずけずけと言う。

「それは関係ないでしょう」

月は軽く反論してから考える。ばれずに皆殺しにする方法がないのかを。

「囮とはなにをすればいいんでしょう」

「考えなくていい。ただ、行方知れずは困るね」

それから龍也は胸を張った。

「美人が必要なら、あたしの出番もありそうだね」

どんな囮か知らないが、女が必要な場なら龍也が潜り込む隙はあるような気がした。

「ところで龍也さん」

「なんだい」

「これは捕り物ですか。殺しですか」

「どうなんだろう。それは流れが決めるんじゃないかい」

龍也が肩をすくめた。

「それにまだわかってないことがあるだろう」

「なんでしょう」

「誰を殺すかってことさ」


月はひさびさに楓のところに顔を出すことにした。

とにもかくにも麦湯売りを紹介してくれた礼もある。

楓はいつも通り麦湯を売っていた。とても体力があると感心する。月にはとうてい勤まらない激務である。

「こんにちは」

楓が声をかけてきた。

「こんにちは。先日はお世話になりました」

「いえいえ。月さん評判いいですよ」

「ありがとうございます。ところで」

月は気になっていたことを訊いた。

「最近行方知れずの女性が増えたりはしていないですか」

「行方知れず？」

楓は少し考える。

「いや、ないね。そんなことがあったら噂になるでしょう」

それから楓はふと思いついたように言った。

「そう言えば、温泉に行くおかみさんは増えたかもしれない」

「温泉ですか？」

「ああ。なんでも女だけで温泉に行けるらしいよ」

「それは珍しいですね」

江戸は女の旅に厳しい。女が旅をするとしたらお伊勢《いせ》参りくらいだ。それも一生に一度のうえ、帰れない女もいる。おそらく今回の件と無関係ではないだろう。

ただ、人斬りの口入れ屋の謎がとけない。

しかし間をつなぐなにかは必ずある。月は考えを進めた。

女の自由というのはすごく制限されている。自由な部分もあるが、基本はいろいろ縛られている。

旅行などもそうだ。夫と旅をすることはできるが、女同士で旅をするというのはなかなか難しい。まず手形《てがた》がとれない。

唯一の例外が寺の保証がついている場合で、さまざまな宗派がお伊勢参りの補助をおこなっていた。ただし怪しいところも多くて、そのまま女郎屋に直行ということもある。

それでも女同士で旅行に行きたいという人はあとを絶たなかった。

自由と窮屈が同居しているのが江戸とも言える。

女のほうはそれで手に入るとして、人斬りはどうなのだろう。

そもそも誰を斬るための集団なのか。単純に金儲けとも思えない。誰か斬りたい人間がいると考えるのが普通である。

集まった旗本には斬る以外の目的はないだろうから、束ねている誰かが肝心である。

これは調べてもらうしかない。

月が囮になっても黒幕までは出ないだろう。

しかし仕方がない。月はしょせん殺し屋であって、奉行でもなんでもないからだ。

自分にできることをするしかなかった。

「女って不自由なのでしょうか」

楓に訊いてみる。

「どうでしょう。でも自由ってなんでしょうね。男とか女ではなくて」

楓は月の前に団子を差し出した。

「わたしは麦湯と団子を売ってますけどね。お盆と正月を三日ずつ休む以外は麦湯を売ってます。自由って言われても。たいていの人はそうじゃないですか？」

たしかにそうだ。物売りの年の休みは六日である。梅雨の時期などには雨で休むことはあるが、それは自由とは違う。

農民は出稼ぎをしなければ百日程度の休みはあるが、他の仕事に休みはない。女は男より仕事に制限はあるが、年中働いていることに変わりはないのだ。

だからこそ旅に出たくなるのだろう。

「そうね。働きづめだと他になにもできないわよね」

「言い寄ってくる男になびけば変わるのかもしれないけどね」

楓はそう言って笑った。

楓はよく声をかけられる。これこそモテるというやつだろう。しかしどの男にもなびいたことはなかった。

「客の男の人には、なびきたい人はいないですか」

「いないですね。ろくでもない奴しかいませんよ。あと岡っ引きもですが、岡っ引きの腰巾着《こしぎんちゃく》がいて。これがひどいんです」

楓は本当に嫌そうな顔をした。

「でもことを荒立てると面倒ですからね。普通の町人にとっては、同心よりも岡っ引きのほうが近しいです」

「同心では駄目ですか」

「同心が駄目というか。手が回らないんですよ、人数も少ないし。結局岡っ引きとうまくやるしかないです」

「そう言えば、岡っ引きを束ねる大親分はいるんですか？」

「いませんよ。岡っ引きなんてわがまま勝手ですからね。あいつらを束ねる奴がいたら江戸の支配者でしょ」

楓が当たり前のように言った。

江戸の支配者。

月の頭の中でなにかがつながった。

岡っ引きを斬るための集団というのはどうだろう。同心と違って岡っ引きが斬られるのはそこまで大騒ぎではない。

そもそも岡っ引きが後ろ暗いことをしているからだ。

まして腰巾着なら斬られてもどうということはない。

刀で脅して自分たちの都合のいいように岡っ引きを操るなら、金も儲かるのではないだろうか。そして用済みになった岡っ引きを消す。

岡っ引きがばらばらなら、団結して戦ってくることもないだろう。

下から江戸を支配するというのはいい考えのような気がした。

そもそも岡っ引きは金と女と暴力が欲しいわけだ。そこをくすぐりつつ刀で脅す。

それに下から民意を操れるならこれ以上はないだろう。

だとすると黒幕はわりと上のほうにいる。

月の手の届く相手ではなさそうだ。

よし、と覚悟を決める。

末端を全部殺せばいい。そうすれば少しはましになるだろう。それに殺しの雇い主も見つかるに違いない。

闇の勢力を嫌う金持ちは多いからだ。

「江戸の支配者なんていうのが出てきたら面倒くさいでしょうか」

「そりゃそうでしょう。そもそもですね、支配者なんて真面目にやったら面倒なだけでいいことはないですよ。他人の面倒を見るってことだから。支配者気取りがしたい奴は、やることやらないで金だけ持っていくに決まってる」

それから楓は自分の胸を指差した。

「そして体をね」

「前も狙われていましたものね」

「あれは軽いほうだったからいいですけどね。麦湯売りですから。本気でこられたら負けるかもしれません」

楓の口調には冗談のかけらもない。それだけ切迫しているということだろう。

「岡っ引きを束ねるような人は、出ないほうがいいということですね」

「出たら誰かに斬ってほしいです」

笑いながら楓が言う。

本当にそんな支配者がいるなら、斬ったほうがいいだろう。

「ところで」

月はもう一つ気になることを口にした。

「要さんの横顔は格好いいと思いますか?」

「横顔?」

楓が戸惑ったような顔になった。

「横顔がどうしたんですか?」

「楓さんから見てどうなのか知りたいのです。わたくしが思っているだけなのか」

月に言われて、楓はどう答えようという顔になった。

「それは悩ましいですね」

「悩ましいというのは？」

「月さんは要様が恋しいから格好よく見える。他の人は恋してないからそんなには見えないでしょう。もちろん役者のように一般的な格好よさもありますが。それは例外というものですね」

たしかに相手への感情で顔の良し悪しも変わりそうだ。

「男のほうが外見だけの美人を求める気がしますね。女のほうがなんというか、自分向きの男を探す気がします」

つまり要を本当に格好いいと思うのは月だけということだろうか。

「まあ、要様はいいほうだと思いますよ、普通に見て。誘われたらついていく女はいるんじゃないですか」

「そうね」

格好よくあってはほしいが、あまりいろんな女を相手にされるのはいやだ。

「なにかあったんですか？」

「実は」

楓に囮のことを話す。そして女を毎回替えたい男の話もした。

「それはわかりますね。男のほうが不実ですから」

楓が納得したように言う。

「愛してるなんて言いながら平気で浮気しますからね」

それからあらためて息をついた。

「それにしても人斬りですか。危ない橋ですね」

「楓さんはやらなくていいですよ」

「いえ。誰かが渡る橋ならわたしも渡ります。月さんだけが危ないのは駄目ですよ」

ますます殺しの技が使えない。一体どうすればいいのだろう。

なるようになるしかない。

いざとなったら懐剣で戦おうと思う。

楓と別れ、くろもじ屋に向かう。

菊左衛門は月を待ちかねたというような表情で迎えた。

「お待ちしていました」

「相手がわかったのですか」

「はい」

菊左衛門は嬉しそうである。どうやら気乗りする相手のようだ。

「相手は三人。いずれも旗本の三男です。腕自慢が揃っています」

「わたくしを襲った男もいますか」

「います。要様に名乗った山浦というのは偽名ですね。本名は辻本茂《つじもとしげる》。人斬りが好きなようです」

「どうして人斬りをしているのですか」

「彼らは金のためですね。問題は彼らを操っている口入れ屋です」

「誰ですか」

「松平に出入りしている目付たちです。目的は江戸の町人の支配ですね」

「岡っ引きをまとめる方法ですか」

月が言うと、菊左衛門は感心したような顔になった。

「よくそこにたどりつきましたな」

「たまたまです」

なんだか頭のいい女のようで照れてしまう。

「大身旗本こそが、もう武士の時代が終わっていることを知っているのです。威張るしか能がないということにね」

それから菊左衛門は簡単に説明をする。

武士は生産しない。呉服屋のように一日千両稼ぐなどということはない。農民が収めた米を消費しているだけだ。

だから金もない。

幕府とは関係なく儲けるために、裏社会を手に入れようと思うのは自然なことだった。

岡っ引きという、「表社会の顔をしている裏社会」を操るのが最もいい。

「でもそれなら金でいいのではないですか？」

「駄目です」

菊左衛門がきっぱりと言う。

「殺す、という力の背景がないと言うことは聞きません。人は暴力を背景にしていない脅しには屈しないですからね」

それから菊左衛門はため息をつく。

「そういう連中と戦うために殺し屋が必要なのです」

それは理解できた。

「しかし困ったことになっています」

月は囮のことを口にした。

「殺し屋なのがばれてしまいそうで」

月の心配を聞いて、菊左衛門は声をあげて笑った。

「そんなことですか」

「大切ではないですか」

「そうですね。でも問題はないです。待ち合わせの前に皆殺してしまって、月様は知らぬふりをしていればいいのですよ」

なるほど。皆が来る前に殺せばいいのか。

そう聞いて月の気持ちはすっきりした。

「口入れ屋の目付はどうするのですか？」

「そちらは平気です。龍也さんで座敷を立てますから」

そうだ。龍也の座敷で殺すのであれば問題ない。

「すべて解決ですね」

「気持ちが晴れましたか」

「はい」

殺せば解決。これほど楽なことはない。

この晴れやかな気持ちを人に言えないのが残念なくらいだ。


その晩。要は少々難しい表情をしていた。

「どうされましたか？」

「うむ。少し面倒なことが起こっている」

「なんですか」

「土左衛門が増えているのだ」

「冬ですからね」

冬の川は冷たい。夏ならまだしも冷たい川だとすぐ死んでしまう。だから冬場は土左衛門は増えていく。

「だが、勝手に死んだのではなくて殺されたんだと思う」

要が唇を噛んだ。

「お知り合いですか？」

「密偵が殺された」

「またですか」

前回は例繰方の松木から話が漏れていた。しかし今回はそうではないだろう。

それにしても話が漏れすぎだ。

「人のつながりは密接だからな。どこから漏れているかもわからない」

要が悔しそうに言う。

たしかに同心は人のつながりでやっている。定廻りなどは自分で盗賊を捕まえることは少ない。捕まった犯人を番屋に引き取りに行く仕事である。

隠密廻りは捜査に近いが情報収集が多い。いずれにしても岡っ引きや密偵を頼ることが多かった。

幕府から岡っ引きに給金が出るわけではないから、なにからなにまで人のつながりでやっているのだ。

だから誰か一人が裏切っただけでも困ったことになる。

「楓さんは平気ですか？」

月はつい気になった。楓も密偵と言えばそうだ。

「うん。危ないかもしれないいな」

かといって休めとも言えない。

「手伝いはできませんが、店で見ていることはできますよ」

客なら勤まりそうだ。

麦湯を売るのはこりごりである。

「そうだな。しばらく常連になってくれ」

要が頭を下げる。

「かしこまりました」

外出の口実があるほうが殺し屋なのはばれにくい。

とにかく悪人を殺してしまうまでは大人しくしていたい。

それにしても誰が裏切っているのか。どこかの岡っ引きには違いないと思うのだが見当もつかなかった。

翌朝、家を出て楓のところに向かう。

狙われているなら、なにか気配くらいはあるだろう。

店に着くともう行列ができていた。

最近楓の店は団子がますます人気である。

唐辛子を練り込んだ「唐辛子あん」というものを出してから、それ目当ての客がずっと列をなしているのだった。

男は我慢くらべの様子で並んでいるのだが、女の客も多い。女は辛いものが平気な人も多い。そのうえ、唐辛子あんは体を温めてくれる。

冬にこれは嬉しい。

麦湯を飲みつつ団子を食べるのが女の楽しみになっていた。楓が当てたのを見て、あちこちで唐辛子団子が出はじめたが、楓の店が一番人気であった。

「こんにちは。団子食べますか」

楓が声をかけてくる。

「一ついただきます」

団子と麦湯をもらう。

食べようとすると、注目されている感じがした。団子が珍しいのだろうか。

団子の表面には黒砂糖がまぶしてある。

口に入れると甘い味が広がった。そのあとで唐辛子の辛さがやってくる。最初が甘いだけに辛さも強力であった。

「これはすごい」

冬なのに体が汗ばむような感じになる。しかしその辛さが気持ちよかった。

「本当にすごいですね」

顔が上気するのがわかる。

麦湯を飲んで落ち着くと、周りの視線をはっきりと感じた。

「俺もあれをくれ」

男たちが口々に叫ぶ。どうやら月の食べる姿が気に入ったらしい。

「まいどあり」

楓が嬉しそうに叫んだ。

客の中に楓を狙っている者がいないかぼんやり眺める。視線を定めず殺気だけ感じるようにするのがコツだ。

男たちの中には楓を狙う者はいないようだった。

「ここいいかい」

一人の男が目の前に腰かけてきた。見るからに岡っ引きである。

「どうぞ」

「あんた麦湯売りの月さんだろう。最近はやってないのかい」

無遠慮に月を眺めてくる。

「ええ。少し疲れてしまって」

答えると、男がにやりと笑った。

なにか仕事しないか、と来るのだろうと思う。男というのは気配を殺すことができないらしい。顔を見ただけでわかる。

思った通り、男はその言葉を口にした。

「俺と仕事をしないか」

「なんの仕事ですか」

「なに。あんたは麦湯を売ってくれればそれでいい。それでな。たまにあんたに書付を預ける男が来るから、それを別の男に渡してくれればいい」

「それだけですか？」

「ああ。書付一枚で一朱。どうだ」

それはなかなか破格である。一朱と言えば二百五十文だ。書付の受け渡しなど普通は八文くらいのものである。

「なにか危ない橋ですか？」

他には考えられない。

「少しな。といっても悪いことじゃねえぜ」

男は声をひそめた。

「密偵ってやつさ。十手の関係だ」

なるほど。要が楓に声をかけているようなものか。密偵としては麦湯売りは人気があるということだ。

「でも一朱は多いですね」

月が返す。

「うん。少し特別な密偵なんだ」

「なんでしょう」

「抜け荷の監視ってやつだな」

つまり、監視にかこつけて抜け荷をおこなうということだろう。それにしてもあとからあとから悪事を思いつくものだ。

これが取り締まる側なのだから世話はない。

こういう連中でも束ねれば大きな力になるのだろう。

正直要が気の毒になる。

月にできるのは、要の邪魔になる人間を殺すことだけだ。

だからなんでもやろうと思うが、麦湯売りはいやだった。

「少し考えさせてください。三日ほど」

答えると、男は頷いて去っていった。

犯罪の種は本当に多いものだと思う。

今日のところは無事そうなので帰ることにした。一応くろもじ屋に寄る。すると龍也が来ていた。

ということは、座敷が立ったということだろうか。

「ちょうどよかったね」

龍也が笑顔になる。

「誰ですか。相手は」

「大目付。二階堂玄葉《にかいどうげんば》殿です」

菊左衛門が答えた。

大目付とは。少し驚くがそういうものかとも思う。大目付は五人いる。名前のとおり目付を束ねる役だが、半分は棚上げされた名誉職であった。

名前だけでは満足できなかったというところか。

田沼の時代はそれなりに気を使われていたが、松平になって完全に閑職に追いやられたのだろう。

「一人だけですか」

「目付が二人。岸田《きしだ》と山鹿《やまが》という者です」

「三人殺せばいいのですね」

「はい」

「後始末は平気ですか？」

「そこは大丈夫です」

「わかりました」

龍也が芸者。月がお供の芸者。あやめが見習いという風情である。吉原に行かないかぎりは芸者の人数は少ないから、龍也が一人いれば座敷は立つのだ。それにあまり芸者が多いと密談するのにも困ってしまう。

場所は柳橋《やなぎばし》の「河村屋《かわむらや》」であった。

あとはどのような客かである。吉原の芸者は体を売らない。芸だけである。吉原には遊女がいるから線引きははっきりしていた。

しかし吉原以外の芸者は体を要求されることも多い。線引きがあいまいだからだ。

客の質は身分では決まらない。

行ってみるしかなかった。

「この座敷のことは要さんには内緒にお願いします」

「もちろんです」

座敷は二日後であった。わりと急である。なにか急ぎのことがあるようだった。

月は準備をすると柳橋に向かった。芸者もだんだんと板についてくる。

「こんばんは。ごめんなさい」

龍也が声をかけて中に入る。

昼でも夜でも芸者の挨拶はこんばんは、である。

中の男は三人。刀は預けてあるから丸腰である。

武士は強いことも多いがそれはあくまで刀を持っていてのこと。丸腰なら大した脅威にはならない。さっさと殺してしまおう。

「おっ。お前はもしかして評判の麦湯売りか？」

山鹿という目付が嬉しそうに言った。どうやら体も目当てだったらしい。

「金ははずむからな」

品のない笑みを浮かべる。

こいつから殺そう、と決めた。

「ありがとうございます。でもお代は少々高いですよ」

月が言った。

「金なら気にするな。いくらでもある」

「それは嬉しいですね。では」

月は山鹿の前に進んだ。きちんと正座で相対する。

「お命で」

懐から針を取り出して喉元の、顎の奥にあたる部分に刺す。

ここが一番確実だ。ここを刺されると舌が丸まり喉に詰まって窒息死する。だから血も少なかった。

「なんだと」

残りの二人が驚いた。

「どういうことだ」

「あなたたち。恨みを買いすぎてはいないでしょうか。三途の川の向こうで皆さんがお待ちですよ」

月が笑顔を向ける。

「お前は誰だ」

「三途の川の案内人です」

二階堂はさすがに腹が据わっているらしく、騒いだりはしなかった。

「金で寝返ることはないのか？」

落ち着いて言ってくる。

「ありません」

「そうか。残念だな」

言いながら月の隙を探っているようだ。

「潔いですね」

月が思ったことを口にする。

「悪事などおこなわなければいいのではないですか」

月に言われ、二階堂は唇をゆがめて笑った。

「悪などおこなっておらぬ。それをしているのは町人どもよ。武士をないがしろにして遊ぶのであれば、対価を払うべきだろう」

「なにもしないで町人の稼ぎをかすめとるのはいいのですか」

「武士だからな」

二階堂は胸を張った。

二階堂の目に濁りはない。真剣にそう思っているに違いない。

不思議と悪人という感じはしない。だが、死ぬべき男だった。

「ではさようなら」

二階堂はあっさりと死んだ。

「ちょっと待ってくれ」

残った岸田は命乞いをしようとしたが、もちろん意味はない。殺した。

「あとはおまかせします」

そう言うと、月は座敷をあとにしたのであった。

蕎麦屋の小僧からのつなぎで月と楓が呼ばれる話が来たのはその二日後だった。

口入れ屋の目付は消えたのに、旗本同士は集まるらしい。女に対しての欲望は尽きないと見える。

手順はこうだ。

奴らは昼から自分たちだけで呑む。これは今後の相談だろう。それが終わったあとで月たちを呼ぶようだ。

だったら先に殺してしまって、あとから楓と合流して驚いたふりをすればいい。

簡単な仕事だ。問題は相手が強いことだろうか。

しかし室内であるならまず負けはない。刀というのは室内で戦うためにはできていない。壁や天井に刃先がつかえて戦えないのである。

部屋の中では短い武器が有利であった。

それに殺されるとは思っていないだろう。殺気を出さないで近寄れば案外簡単かもしれない。

月が呼ばれているのは一軒の民家であった。向島の民家を借りているらしい。目的の人間以外もいると少し面倒だと思っているうちに到着する。

家の戸を開けても誰もいない。奥から話し声がする。男たちは人払いをしているらしい。中に入ると会話が聞こえた。

「二階堂殿が殺されたようだぞ」

「大目付殿が……本当なのか？」

男たちは不安になっている様子だ。

なかなかいい、と月は思う。いま実に殺し屋らしく行動している。

要と暮らすようになってなんとなく心がゆるくなってきている。笑ったりどきどきしたりという感情は殺し屋には必要ない。

むしろいけないことだろう。

しかし今日の月はしっかりと殺し屋らしく振る舞えている。ただ、こう考えるのがそもそもたるんでいるということかもしれないが。

部屋の前に立つ。

男たちは月の気配に気づく様子はない。酒を呑んでいるようだった。炙った味噌の匂いがする。火鉢で味噌を炙り、酒を温めているのだ。

「死んだではなくて殺されたのか」

「どうもそのようだ」

「しかしどうやって」

男の一人が疑わしそうな声を出した。

「殺しなどそう簡単にできるものではない」

自分たちが人を斬るわりには殺しにうといらしい。

それにしても武士三人を殺すのはなかなか大変だ。もう少し酔ってほしい。

少し考えて、部屋の中に入ることにした。どうせ今日来る予定なのだ。

「こんばんは。ごめんなさい」

芸者風の挨拶をして戸を開ける。

男たちは一瞬殺気立ったが、月を見ると殺気が消えた。

「なんだ。麦湯売りか」

一人がほっとした声を出す。

「わたくしをご存じなんですか」

「おお。あそこの団子はけっこう美味いからな。それにお前もなかなかいい女だ」

どうやら店に来ていたらしい。しかしまるで覚えがない。相手のほうは月を知っているという状況には気をつけないといけない。

今回はそれが功を奏したようだが。

「今夜ここに呼ばれたので下見に来たのです。そうしたら誰かいらっしゃるので入ってきました」

呼ばれた座敷の下見は珍しいことではない。女一人ということもあって男たちに警戒心はなさそうだ。

「早く来たならそれもいい。酌《しゃく》でもしていけ」

男の一人が座に加わるよううながす。

「別料金ですよ」

月が笑いながら言った。

こういうときは金を要求したほうがいい。金が欲しい女に対しては気持ちがゆるくなるものだからだ。

「いくらだ」

男が訊いてきた。月に斬りかかってきた奴だ。しかし気がついていないようである。夜だったから顔はよく見えなかったのだろう。

月は訓練を積んでいるからわかるが、たいていは顔は見られていない。ばれることはないはずだ。

「二分でどうでしょう」

月は指を二本立てた。評判のいい芸者でも三分だ。だからこれはなかなかの高額である。

「吹っ掛けるな、女」

「では一分で」

月が言うと、男たちは少し馬鹿にした顔になった。

「いいだろう。浪人の妻だそうだな」

「はい」

月が頷くと、男たちは嬉しそうな表情になった。人妻のどこがいいのか月にはわからないが油断してくれるならいい。

あとはもう少し酔わせたい。

部屋の中には酒と焼酎《しょうちゅう》があった。どんどん飲ませたいと思う。酔えば殺すのは簡単だからだ。

こういうことがあるかもしれないとあやめが用意してくれたものを出す。

「わたくしがお酒を美味しくするものをお持ちしました」

懐から黒砂糖と、山葡萄《やまぶどう》の干したものを取り出す。

「焼酎にこれを入れると、とてもよい味になるんですよ」

月が言うと、先ほどまで黙っていた男が口を開いた。

「お、葡萄酒か。それはいいな」

葡萄酒とは山葡萄を焼酎に漬け込んだものだ。あまり流行ってはいないが、好きな人は好きであった。

「月と申します」

あらためて頭を下げる。

「まあ、そうだな。俺は山田《やまだ》と呼べ」

「鈴木《すずき》だ」

「佐藤《さとう》」

多分偽名を名乗ってきた。

月を斬ってきたのは山田と言った男だ。本名は辻本。部屋の中でも脇に刀を置いていて、油断はしていない感じがする。

しかも脇差のほうを手元に寄せている。いつ襲われてもいいという構えだ。この男はなかなか手ごわい。体も大柄で強そうだ。

山葡萄に反応したのは佐藤という男である。この男は小柄なうえに刀は部屋のすみに転がしているようだ。

油断しきった顔をしている。

鈴木と名乗った男はどちらでもない。刀は放り出しているが、かわりに扇子《せんす》を持っている。月にとって一番厄介なのはこの男かもしれない。

扇子というのは花街《はなまち》にいる男たちの武器である。花街では刀を抜けないので、半纏《はんてん》や扇子が武器になる。

だからこの男は花街に慣れている気がした。

三人の中では一番女っぽい印象である。これも気になる。女のような雰囲気の男は喧嘩《けんか》に強いものだからだ。

鈴木、山田、佐藤の順に殺そうと決めた。

「ではどちらからお酌をしましょう」

そう言って男たちの真ん中に入っていく。

「俺からでいいか」

佐藤が焼酎を取り出した。

「葡萄酒で行こう」

湯呑みを出してくる。

「お湯で」

言われるままに火鉢で沸いているお湯と山葡萄、黒砂糖、焼酎を入れてかき混ぜる。

「どうぞ」

月に渡されると、佐藤は嬉しそうに口をつけた。

「美味いな」

山田の気配が少しゆるんだ。

「毒ではないようだな」

「そんなもの入れないですよ。お客様相手に」

月は少し怒った表情を作る。

山田がなだめるような声を出した。

「まあ怒るな。毒というのは人を殺すのに便利だからな」

「おいおい。俺を毒見役にしたのかよ」

佐藤が怒りもせずに言った。

問題は鈴木で、警戒をゆるめている様子はなかった。さすがに人斬りが集まっているだけのことはある。

月が不自然に早く着いたことに警戒しているのかもしれない。

とはいえ酌がいやなわけではないようだ。

順番に酒を注ぐ。佐藤は焼酎だが他の二人は燗《かん》であった。

つまみは炙った味噌。同じく炙ったイカの足。そして焼いた筍である。安いわりに酒が進むものだった。

人斬りでは贅沢はできないのだろうか。

「貧相なつまみだと思っているのか?」

鈴木が言う。

「そんなことはありません。美味しそうです」

酒のつまみは値段ではない。この献立はつまみとしてはなかなかいいものだろう。

「浪人ですから、貧しいのには慣れています。いまは麦湯で少し潤《うるお》ってはいますが。

旗本の皆様とは違います」

月が言うと、佐藤がいまいましそうに息を吐いた。

「旗本っていうのはさ、長男様のことなんだよ。次男三男はただの厄介者さ。早く死んでくれとでも思ってるんじゃないか」

「そんなことはないでしょう」

「いや、そうさ。旗本の三男なんて浪人に生まれるより悪いもんだ」

「浪人より悪いものはなかなかないと思いますよ」

これは本心だ。浪人は武士と町人の中間くらいの身分である。どっちつかずという意味では一番つらいのではないだろうか。

「いや。浪人のほうがましだ。体面を気にする必要がないからな」

山田が言う。

「親の体面に縛られて生きながら死んでいるようなものよ。うさ晴らしに酒でも飲まないとやってられぬ」

どうやら本音のようだ。人斬りがいいか悪いかはともかく、彼らにもそれなりの事情があるらしい。

「そんなに苦しいのですか？」

思わず興味が湧く。月も旗本の娘だが、彼らのような苦しみは感じたことがない。娘というのも大きいかもしれない。

「まず、所帯も持てないしな」

佐藤が苦笑いをした。

「お嫁さんは探せばいいのではないですか？」

月の言葉に三人とも笑い出した。

「さすが浪人。わかってない」

「どういうことですか？」

「旗本というのは長男以外には用事がないのだ。そんな要らない男に嫁ぐ女などいるものか。おまけに仕事もない。ごろごろするしかやることがないのだ」

「やることは自分で見つけるしかないでしょう」

「それができたら苦労はしない」

山田が吐き捨てるように言う。

「体面があるからな。迂闊な仕事はできぬのだ」

その結果人斬りにたどりついたというわけだ。それなら、幕府の被害者と言えないこともない。

月は彼らの話を聞きながら酌を続ける。

酒が進むにつれてだんだんと気持ちがゆるんでくるのがわかる。月に対して少しあった警戒心も薄れてきたようだ。

そろそろだろうか。

そう思ったとき、不意に鈴木に右手首を摑まれた。扇子は持ったままである。

「もう少し楽しもうではないか」

目が好色な輝きを放っている。

酒のせいで女が欲しくなったらしい。

「扇子をお持ちのままでは危ないですよ」

月が声をかけると、鈴木が扇子を畳の上に落とした。

扇子が畳に転がった。

「これでどうだ」

「ありがとうございます」

礼を言うと、髪から簪を抜く。鈴木が不審そうな表情になる。しかしかまわず首に簪を突き立てた。

人間は頑丈でなかなか死なないものだが、死ぬ場所に簪を突き立てればあっけないほど簡単に死んでしまう。

他の二人は状況がわかっていないようだ。意外すぎて認識できないのである。だから不自然なことをせずに当たり前のように動くと相手は反応しない。

山田の首にも簪を突き立てる。酔っていたのもあって山田も簡単に死んだ。

「お前は一体なんだ」

佐藤が震える声で言った。これは我に返ったから簪では殺しにくい。

山田の脇差を抜く。

「殺し屋です。死んでください」

それからあらためて佐藤に言う。

「人斬りですよね」

佐藤は首を横に振った。

「待て、違う。違うんだ」

「なにがですか」

「誤解なんだ」

佐藤に言われて月は笑顔を見せた。

「誤解なら話は聞きます」

佐藤が一瞬ほっとした顔になる。

その胸に脇差を突き立てた。

「あの世で」

これで仕事は終わりである。脇差は差したままで抜かない。抜くと血が吹き出してしまうからだ。

民家を出ると楓との合流場所に向かう。

血の匂いが心配だ。どこかで煙を浴びないといけない。

鰻を食べようと思う。鰻の屋台なら煙が多く出ている。

「二本焼いてください」

声をかける。

「お、月さん。こんにちは」

どうやら月を知っているらしい。

「脂の多いところをお願いしますね」

「あいよ」

店主が鰻を焼いている間に、着物に少し山椒をすり込む。これで血の匂いはかなりまぎれるはずだ。

鰻を手早く食べると楓のいる場所、花房町の蕎麦屋に向かった。

「こんにちは」

蕎麦屋に入ると楓はもう蕎麦を食べている最中だった。

接待する側だから食事は先にすませる。客と食べるのは余計に金をとるための方便で、そうでなければ腹は塞いでおくものなのだ。

「わたくしは鰻を食べました」

答えると、楓は月の匂いを嗅いだ。

「本当だ。煙臭いですよ」

そう言ってから笑う。

「まあ、多少煙臭いくらいがちょうどいい客かもですが」

しばらくすると要もやってきた。やはり心配らしい。

「本当に大丈夫なのか」

どうしても乗り気ではないようだ。

「大丈夫ですよ」

もう相手は死んでいるから、と思いながら答える。

「やはり危険すぎるのではないか」

要がいてもたってもいられない表情をした。

「とりあえずお蕎麦でも召し上がってください。お腹が空くとますます落ち着きませんよ」

　要は月の言う通りだと思ったらしく蕎麦を頼む。

　しばらくして蕎麦が来た。かけ蕎麦に、筍を切ったものが浮いている。そして赤いものが載せてあった。

「これはなんだ？」

　要が楓に訊く。

「練った唐辛子です。粉のやつより辛いんですよ」

　要は蕎麦を食べると少し顔をしかめた。どうやら辛いらしい。

「しかし美味いな。それに温まる」

　汁まで一気に飲んでしまった。

　そのとき、蕎麦屋の小僧が青い顔をして飛び込んできた。

「大変です」

「どうした、慌てるな」

　要が小僧をたしなめる。

「行くはずだった場所でお武家さんが死んでいます」

「なんだと」

要の顔色が変わる。

「どういうことだ」

「それはわかりませんが死んでいるのです」

小僧はうまく言葉が出ないようだった。死体を見て帰ってくればそうだろう。楓のほうはまったく動揺していない。

「落ち着いてますね」

月が言う。

「だって手間がはぶけていいじゃないですか。あ、でも手間賃はもらい損ねましたね」

そう言って楓は笑った。

たしかに知り合いでもない相手が死んだからといって、動揺する必要はない。要は同心だからやきもきするのだ。

「手間賃か。そうだな」

要は懐から一両を取り出した。

「これで許してほしい」

楓はこれには驚いた。

「一両も。平気なんですか？　月さんの稼ぎを巻き上げたんじゃないですよね」

楓に言われて思わず笑ってしまう。

「そんなことはないですよ」

「これは奉行所からいただいている」

要は真面目に返す。

「わかってますよ」

言いながら楓は懐に小判をしまった。

「では出掛けてくる。二人はゆるりとな」

そう言うと要は蕎麦屋を出ていった。

「しかし誰に殺されたんでしょうね。相手は人斬りなんでしょう」

楓が不思議そうに言った。

「そうですね。人斬りも案外弱かったのかもしれません」

月も頷く。

「どうやって殺したんでしょうね」

「それを調べるのが要さんでしょう」

「今度詳しく聞いてみたい」

楓はいかにも楽しそうだった。巻き込まれたといってもこれなら、絵物語の世界のようなものだ。

「なにか召し上がりますか」

蕎麦屋の小僧が顔を出した。

「どうしますか。月さんは呑まないんでしたよね」

「そうですね」

「蕎麦団子はどうですか」

小僧がすすめて来る。

「蕎麦がきじゃなくて蕎麦団子なの？」

楓が訊いた。

「そうです。美味しいですよ」

「じゃあそれ」

楓がすかさず頼む。

月も興味があった。

「麦湯を売っていると団子を食べるようになりますよね」

楓に言われて月も頷く。

この団子は売れるかな、とつい考えてしまうのである。

蕎麦団子が運ばれてきた。蕎麦粉を練って黒砂糖を混ぜ込んである。蕎麦の深い香りがしてなかなか美味しい。

「これはいいですね。うちの店だとどうだろう」

楓が言った。

「でもいまの唐辛子団子のほうが人気があるでしょう」

月が返す。

屋台は狭いから、麦湯だけで料理を出さない屋台も多い。出すとしても食事は基本一種類だけである。悪くならないものを出すから団子を扱う店は多かった。

「あの辛いのはいいですよね。月さんのところの塩も人気でしょう」

「そうね。あの団子は味がいいし仕入れも安いから」

「へえ。仕入れが安いのはいいですね。秘密があるんですか？」

「うちのは陸稲《おかぼ》を使っているの。所沢《ところざわ》から仕入れてるのですよ」

「そうなんですね。聞いたことないです、所沢」

月も仕入れ先として聞いているがどこにあるかはわからない。所沢は沢なので水田ができずに陸稲を栽培しているそうだ。

なので普通の米より安い。しかし団子にするには具合がいいという。

「所沢では醤油の団子だそうですよ。食事として団子と漬物、みたいな食べ方をするようです」

月も食べたことはないのだが、美味しそうではある。

「団子と漬物はいいかもしれないですね」

楓は少し考えた。

「沢庵くらいなら置けるのかな」

普通の会話をしながら、要はどうなったのか気になる。月が殺し屋だとわかるようなことはないと思うが、大丈夫だろうか。

蕎麦屋から出たときにはもう日は暮れていた。

蕎麦屋で蕎麦がきを作ってもらうと家に戻ったのであった。

「これもいいものだな」

要は蕎麦がきを食べながらまた酒を一口飲んだ。普段より少し酒が多いのは気分がいいのだろう。

「どうでしたか?」

酒をすすめながら気になっていたことを訊く。

「うむ。それなんだがな。犯人は忍びかもしれない」

「どういうことですか？」

「先のとがったもので突かれて死んでいたのが二人。脇差が一人だ。いずれも血の出ないような死に方をしていた。公儀の隠密かもしれないな」

「先のとがったもの。手裏剣でしょうか」

「そうだな。あるいは簪やもしれぬが」

要が答える。

「うむ。いい手際だ。そう言えば義父上も柳生であったな」

そう言って要は笑った。

「案外犯人は月の兄弟やもしれぬな」

「会ったことはありません」

そう言うと、ほっと胸をなでおろす。

少なくとも月を犯人だと思っている様子はない。

「それよりも、麦湯はどうしましょう。続けましょうか」

月はすっかり評判になっているから、ひと月に何回かは顔を出さないとおさまりそうになかった。

それに有名には有名のいいところもある。

毎日では体がもたないが、四日か五日に一度は顔を出したいと思っていた。

「うむ。たしかに月は人気だからな。それもいいやもしれぬ」

要が頷く。

それにしても、と月は思った。

江戸で評判の麦湯売りが殺し屋とは誰も思うまい。

いい隠れ蓑《みの》が手に入ったと思う。

それになんと言っても要の目をくらましやすい。

誰にといって、一番内緒にしたいのは夫なのだから。

事件から三日して、月はくろもじ屋を訪れていた。

菊左衛門は丁寧に頭を下げてきた。

「お疲れ様でした」

「殺しはともかく麦湯は大変です」

正直に言う。

「思ったよりも評判になりましたな『人妻小町』と呼ばれておりますよ」

人妻小町。なにを言っているのかわからない。

「そんな評判が立って、要さんに嫌われたりしないでしょうか」

「それはないでしょう」

菊左衛門は笑った。

「要様が月様を嫌いになるなどということはありませんよ」

「本当ですか。わたくし、いつも自信がないのです」

「それはまだまだ積み重ねが足りませぬな」

菊左衛門はそう言うと、ふっと声をひそめた。

「ところで。お話が」

「殺しですか？」

「はい。今度もたちの悪い方々でして」

「わかりました」

江戸の同心ではどうしても悪を裁ききれない。人数も足りないし権限も足りないからだ。

だから月の仕事が尽きることはないだろう。

夫にさえばれなければいい。家計の足しにもなるし。

「ではこれを。前金です」

菊左衛門が三両出してきた。

月はそれを受け取りながら、今夜は鯛を茹でよう、と思ったのであった。

○主な参考文献

江戸切絵図と東京名所絵　白石つとむ編　小学館
日本橋駿河町由来記　駿河不動産株式会社
江戸・町づくし稿（上・中・下・別巻）　岸井良衞　青蛙房
江戸買物独案内　三田村鳶魚編　朝倉治彦校訂　中公文庫
江戸年中行事
江戸生業物価事典　三好一光編　青蛙房

本書は文庫書下ろし作品です。

|著者| 神楽坂 淳　1966年広島県生まれ。作家であり漫画原作者。多くの文献に当たって時代考証を重ね、豊富な情報を盛り込んだ作風を持ち味にしている。小説に『大正野球娘。』『三国志』『うちの旦那が甘ちゃんで』『金四郎の妻ですが』『捕り物に姉が口を出してきます』『うちの宿六が十手持ちですみません』『帰蝶さまがヤバい』『ありんす国の料理人』『あやかし長屋　嫁は猫又』『恋文屋さんのごほうび酒』『七代目銭形平次の嫁なんです』『醤油と洋食』などがある。

夫《おっと》には 殺《ころ》し屋《や》なのは内緒《ないしよ》です 2

神楽坂《かぐらざか》 淳《あつし》

2024年３月15日第１刷発行

講談社文庫
定価はカバーに
表示してあります

発行者――森田浩章
発行所――株式会社　講談社
東京都文京区音羽2-12-21　〒112-8001
電話 出版 (03) 5395-3510
販売 (03) 5395-5817
業務 (03) 5395-3615

Printed in Japan

デザイン―菊地信義
本文データ制作―講談社デジタル製作
印刷―――株式会社KPSプロダクツ
製本―――株式会社国宝社

ISBN978-4-06-534775-1

講談社文庫刊行の辞

二十一世紀の到来を目睫に望みながら、われわれはいま、人類史上かつて例を見ない巨大な転換期をむかえようとしている。

世界も、日本も、激動の予兆に対する期待とおののきを内に蔵して、未知の時代に歩み入ろうとしている。このときにあたり、創業の人野間清治の「ナショナル・エデュケイター」への志を現代に甦らせようと意図して、われわれはここに古今の文芸作品はいうまでもなく、ひろく人文・社会・自然の諸科学から東西の名著を網羅する、新しい綜合文庫の発刊を決意した。

激動の転換期はまた断絶の時代である。われわれは戦後二十五年間の出版文化のありかたへの深い反省をこめて、この断絶の時代にあえて人間的な持続を求めようとする。いたずらに浮薄な商業主義のあだ花を追い求めることなく、長期にわたって良書に生命をあたえようとつとめるところにしか、今後の出版文化の真の繁栄はあり得ないと信じるからである。

同時にわれわれはこの綜合文庫の刊行を通じて、人文・社会・自然の諸科学が、結局人間の学にほかならないことを立証しようと願っている。かつて知識とは、「汝自身を知る」ことにつきていた。現代社会の瑣末な情報の氾濫のなかから、力強い知識の源泉を掘り起し、技術文明のただなかに、生きた人間の姿を復活させること。それこそわれわれの切なる希求である。

われわれは権威に盲従せず、俗流に媚びることなく、渾然一体となって日本の「草の根」をかたちづくる若く新しい世代の人々に、心をこめてこの新しい綜合文庫をおくり届けたい。それは知識の泉であるとともに感受性のふるさとであり、もっとも有機的に組織され、社会に開かれた万人のための大学をめざしている。大方の支援と協力を衷心より切望してやまない。

一九七一年七月

野間省一

講談社文庫 最新刊

上田秀人
流言
〈武商繚乱記㈢〉
武士の沽券《こけん》に関わる噂が流布され、大坂東町奉行所同心・山中小鹿が探る！〈文庫書下ろし〉

神永学
心霊探偵八雲 INITIAL FILE
〈幽霊の定理〉
累計750万部シリーズ最新作！ 心霊と確率、それぞれの知性が難事件を迎え撃つ！

碧野圭
凜として弓を引く
〈初陣篇〉
武《ム》蔵《サ》野《ニ》西高校弓道同好会、初めての試合！ 青春「弓道」小説シリーズ。〈文庫書下ろし〉

伏尾美紀
北緯43度のコールドケース
博士号を持つ異色の女性警察官が追う未解決事件の真相は。江戸川乱歩賞受賞デビュー作。

森沢明夫
本が紡いだ五つの奇跡
編集者、作家、装幀家、書店員、読者。崖っぷちの5人が出会った一冊の小説が奇跡を呼ぶ。

市川憂人
揺籠《ゆりかご》のアディポクル
ウイルスすら出入り不能の密室で彼女を殺したのは——誰？ 甘く切ない本格ミステリ。

神楽坂淳
夫には 殺し屋なのは内緒です 2
隠密同心の妻・月《つき》はじつは料理が大の苦手。夫に嫌われないか心配だけど、暗殺は得意！

ブレイディみかこ
ブロークン・ブリテンに聞け
〈社会・政治時評クロニクル2018-2023〉
EU離脱、コロナ禍、女王逝去……英国の「五年一昔」から日本をも見通す最新時評集！

講談社文芸文庫

吉本隆明
わたしの本はすぐに終る
吉本隆明詩集
解説＝高橋源一郎　年譜＝高橋忠義
つねに詩を第一と考えてきた著者が一九五〇年代前半から九〇年代まで書き続けてきた作品の集大成。『吉本隆明初期詩集』と併せ読むことで沁みる、表現の真髄。
よB11
978-4-06-534882-6

加藤典洋
人類が永遠に続くのではないとしたら
解説＝吉川浩満　年譜＝著者・編集部
かつて無限と信じられた科学技術の発展が有限だろうと疑われる現代で人はいかに生きていくのか。この主題に懸命に向き合い考察しつづけた、著者後期の代表作。
かP8
978-4-06-534504-7

講談社文庫　目録

京極夏彦　文庫版 狂骨《きょうこつ》の夢《ゆめ》
京極夏彦　文庫版 鉄《てっ》鼠《そ》の檻《おり》
京極夏彦　文庫版 絡新婦《じょろうぐも》の理《ことわり》
京極夏彦　文庫版 塗仏《ぬりぼとけ》の宴《うたげ》―宴の支度
京極夏彦　文庫版 塗仏の宴―宴の始末
京極夏彦　文庫版 百鬼夜行―陰
京極夏彦　文庫版 百器徒然袋―雨
京極夏彦　文庫版 百器徒然袋―風
京極夏彦　文庫版 今昔続百鬼―雲
京極夏彦　文庫版 陰摩羅鬼《おんもらき》の瑕《きず》
京極夏彦　文庫版 邪《じゃ》魅《み》の雫
京極夏彦　文庫版 今昔百鬼拾遺―月
京極夏彦　文庫版 死ねばいいのに
京極夏彦　文庫版 ルー＝ガルー〈忌避すべき狼〉
京極夏彦　文庫版 ルー＝ガルー2〈インクブス×スクブス 相容れぬ夢魔〉
京極夏彦　文庫版 地獄の楽しみ方
京極夏彦　分冊文庫版 姑獲鳥《うぶめ》の夏 (上)(下)
京極夏彦　分冊文庫版 魍魎《もうりょう》の匣《はこ》 (上)(中)(下)
京極夏彦　分冊文庫版 狂骨《きょうこつ》の夢《ゆめ》 (上)(中)(下)

京極夏彦　分冊文庫版 鉄《てっ》鼠《そ》の檻《おり》 全四巻
京極夏彦　分冊文庫版 絡新婦《じょろうぐも》の理《ことわり》 全四巻
京極夏彦　分冊文庫版 塗仏《ぬりぼとけ》の宴《うたげ》 宴の支度《したく》 (上)(中)(下)
京極夏彦　分冊文庫版 塗仏《ぬりぼとけ》の宴《うたげ》 宴の始末《しまつ》 (上)(中)(下)
京極夏彦　分冊文庫版 陰摩羅鬼《おんもらき》の瑕《きず》 (上)(中)(下)
京極夏彦　分冊文庫版 邪魅《じゃみ》の雫 (上)(中)(下)
京極夏彦　分冊文庫版 ルー＝ガルー〈忌避すべき狼〉 (上)(下)
京極夏彦　分冊文庫版 ルー＝ガルー2〈インクブス×スクブス 相容れぬ夢魔〉 (上)(下)
北森　鴻　親不孝通りラプソディー
北森　鴻　花の下にて春死なむ〈香菜里屋シリーズ1〈新装版〉〉
北森　鴻　桜　宵〈香菜里屋シリーズ2〈新装版〉〉
北森　鴻　螢　坂〈香菜里屋シリーズ3〈新装版〉〉
北森　鴻　香菜里屋を知っていますか〈香菜里屋シリーズ4〈新装版〉〉
北村　薫　盤　上　の　敵〈新装版〉
木内一裕　藁　の　楯
木内一裕　水の中の犬
木内一裕　アウト&アウト
木内一裕　キ　ッ　ド
木内一裕　デッドボール

木内一裕　神様の贈り物
木内一裕　喧　嘩　猿
木内一裕　バードドッグ
木内一裕　不　愉　快　犯
木内一裕　嘘ですけど、なにか？
木内一裕　ドッグレース
木内一裕　小　麦　の　法　廷
木内一裕　飛べないカラス
木内一裕　ブラックガード
北山猛邦　『クロック城』殺人事件
北山猛邦　『アリス・ミラー城』殺人事件
北山猛邦　私たちが星座を盗んだ理由
北山猛邦　さかさま少女のためのピアノソナタ
北　康利　白洲次郎 占領を背負った男 (上)(下)
貴志祐介　新世界より (上)(中)(下)
岸本佐知子 編訳　変《ヘン》愛《アイ》小説集
岸本佐知子 編　変愛小説集 日本作家編
木原浩勝　文庫版 現世《うつしょ》怪談(一) 主人の帰り
木原浩勝　文庫版 現世怪談(二) 白刃の盾

講談社文庫　目録

木原浩勝　増補改訂版もう一つの「バルス」〈―宮崎駿と『天空の城ラピュタ』の時代―〉
木原浩勝　増補改訂版ふたりのトトロ〈―宮崎駿と『となりのトトロ』の時代―〉
喜国雅彦　国樹由香　メフィストの漫画
喜国雅彦　国樹由香　本格力〈本棚探偵のミステリ・ブックガイド〉
清武英利　石つぶて〈警視庁 二課刑事の残したもの〉
清武英利　しんがり〈山一證券 最後の12人〉
清武英利　トッカイ〈不良債権特別回収部〉
喜多喜久　ビギナーズ・ラボ
岸見一郎　哲学人生問答
木下昌輝　つわもの
黒岩重吾　新装版 古代史への旅
栗本　薫　新装版 ぼくらの時代
黒柳徹子　窓ぎわのトットちゃん 新組版
倉知　淳　新装版 星降り山荘の殺人
熊谷達也　浜の甚兵衛
倉阪鬼一郎　八丁堀の忍
倉阪鬼一郎　八丁堀の忍(二)〈大川端の死闘〉
倉阪鬼一郎　八丁堀の忍(三)〈遥かなる故郷〉
倉阪鬼一郎　八丁堀の忍(四)〈隻腕の抜け忍〉
倉阪鬼一郎　八丁堀の忍(五)〈討伐隊、動く〉
倉阪鬼一郎　八丁堀の忍(六)〈死闘、裏伊賀〉
黒田研二　神様の思惑
黒木　渚　壁の鹿
黒木　渚　本性
黒木　渚　檸檬の棘
久坂部　羊　祝葬
黒澤いづみ　人間に向いてない
久賀理世　奇譚蒐集家　小泉八雲〈白衣の女〉
久賀理世　奇譚蒐集家　小泉八雲〈終わりなき夜に〉
雲居るい　破《は》蕾《らい》
鯨井あめ　晴れ、時々くらげを呼ぶ
鯨井あめ　アイアムマイヒーロー！
窪　美澄　私は女になりたい
くどうれいん　うたうおばけ
黒崎視音　マインド・チェンバー〈警視庁心理捜査官〉
決戦！シリーズ　決戦！関ヶ原
決戦！シリーズ　決戦！大坂城
決戦！シリーズ　決戦！本能寺
決戦！シリーズ　決戦！川中島
決戦！シリーズ　決戦！桶狭間
決戦！シリーズ　決戦！関ヶ原2
決戦！シリーズ　決戦！新選組
決戦！シリーズ　決戦！賤ヶ岳
決戦！シリーズ　決戦！忠臣蔵
決戦！シリーズ　風雲〈戦国アンソロジー〉
小峰　元　アルキメデスは手を汚さない
今野　敏　ST 警視庁科学特捜班 エピソード1〈新装版〉
今野　敏　ST 警視庁科学特捜班 毒物殺人〈新装版〉
今野　敏　ST 警視庁科学特捜班〈黒いモスクワ〉
今野　敏　ST 警視庁科学特捜班〈青の調査ファイル〉
今野　敏　ST 警視庁科学特捜班〈赤の調査ファイル〉
今野　敏　ST 警視庁科学特捜班〈黄の調査ファイル〉
今野　敏　ST 警視庁科学特捜班〈緑の調査ファイル〉
今野　敏　ST 警視庁科学特捜班〈黒の調査ファイル〉
今野　敏　ST 為朝伝説殺人ファイル〈警視庁科学特捜班〉
今野　敏　ST 桃太郎伝説殺人ファイル〈警視庁科学特捜班〉
今野　敏　ST 沖ノ島伝説殺人ファイル〈警視庁科学特捜班〉

2023年12月15日現在